ないものがある世界

Partita

［パルティータ V］

今福龍太

ないものがある世界

水声社

目次

読者への手引き

本書『ないものがある世界』は、近未来の都会に生きる「わたし」を語り手とする一人称の物語と、精霊の気配にみちた始原の島に生きる「ノア」という名の少年を主人公とする三人称の寓話とが、交差しながら語られる叙述形式になっています。奇数章の、明朝体活字で印刷された章が「わたし」の物語、偶数章の、教科書体活字で印刷された章が「ノア」の物語です。

読者は、冒頭から章番号順に読むこともできますが、偶数章だけを結んでノアをめぐる冒険物語をとりだして読むこともできます。あるいは奇数章だけを創作的なエッセイとして通読することも可能です。どのように読むかによって、読後の印象はきっと変わるでしょう。三通りの読み方を可能にする寓意的物語として、自由にお楽しみください。

1

道はみな海で終わるのだ。
――チェーザレ・パヴェーゼ

小さな公園の脇を通りすぎた。無機質で奇妙にツヤのあるセラミック煉瓦《れんが》の外壁のマンションと、高層ビルの工事現場とのあいだにはさまれた、歪《ゆが》んだ四角形の公園。猫の額《ひたい》のような、というむかしの比喩《ひゆ》がかすかに思いだされもしたが、すぐに、携帯画面のように小さい、と思い直した。せまい空間にひしめく雑多なモノ。その公園も、コンクリート・ブロックに囲われた小さな区画にむやみにたくさんの遊具を密集させていた。灰色の都会の片隅で、遊具は場違いなほどにきらびやかに塗装されて寂しげに笑っている。でもそれらの影は薄かった。

どこから来たのか、男の子が独りでベンチに座って液晶板《タブレット》の上に指先をすべらせながらスケッチを描いていた。写生というよりは、自分の脳のなかを覗《のぞ》き込むような表情で、ディスプレイの彼方の闇に眼をこらしていた。絵を覗くとそこには黒っぽく光るビルと屋根ばかり。空は上の方に押しやられて小さくちぢこまっている。最後に男の子はポンポンポンと手慣れた様子で画面に中指の先で触れ、狭い空を迷わず薄黄色のペイントツールで塗りつぶした。このところ、黄色い埃《ほこり》が空一面に舞う日がとても多いのだ。それが子供にとっては一番しっくりくる空の色になったのだろうか。単色の絵の世界にほんのりと色が生まれたが、その仄《ほの》かな褐色がかった黄色はかえって全体の絵柄を背景に沈めてしまったように見えた。薄暗がりのなかで鈍《にぶ》く光る現実の都会は、そのまま液晶板のなかに吸い込まれた風景のようだった。

青く透きとおった空がむかしあったような気がする。その青のなかには、底抜けのうるわしさと透明な悲嘆とが同居していたような気もする。工場の煙突が吹きだす煤煙《ばいえん》で黒ずんだり、黄昏《たそがれ》の薄明のなかでオレンジ色に染まったり、しんしんと降り積もる雪の日には灰色の雲母《うんも》のような細かい結晶に覆《おお》われたように見えたあの空。見かけの色は変わっても、その背後にはいつも青く透きとおった空というものがあり、その純粋な青さのために、黒や赤や灰色の到来がかえって強く刻まれることになる——そう信じることができたあの空。あの透明な青は、だから色ではなかった。色鉛筆でも、クレヨンでも、水彩絵具でも出すことのできない青。碧も蒼もふくんだもっとも深く透明な青。電子のペイントツールで一瞬のうちに塗りつぶすことができる道具的な青の対極にある、色なき色。色になるまえの、色という認識が生まれ出る泉。

あの純粋な青はなくなってしまったのだろうか。空だけではない。近所の里山に飛び出してゆけば、青いしるしを空から譲り受けたいきものたちがたくさんいた。アサギマダラという蝶《ちょう》はわたしにとって、あの青ならざる青をその薄い羽根に透過させてふわりふわりと空を舞う女神だった。囀《さえず》りの特徴的な旋律ですぐにそれとわかるキジバトを樹上に見つければ、その頸《くび》にはいまだ若い空を剥《は》ぎ取ってきたような淡青色の横縞模様があざやかに光っていた。早春の埃っぽい露地でどの植物よりも先に花をつけるオオイヌノフグリの小さなコバルトブルーの花弁が、曇天の日でも雨天の日でも、青空の遍在を小声でわたしに囁《ささや》きつづけた。空から地上へと移植された、小さく、脆《もろ》いほどの青の結晶体。それらを見ながら、わたしは小さな幸福と小さな悲しみを日々体内に受けとめ、やがてそれらをそっと中空に放つのだった。あの頃《ころ》、いつも感情はどこからかやって来て、ひとしきりわたしのまわりで渦巻いたあと、かならずどこかへと去っていった。それが所有できず、それを制御することもできないとどこかで知っていたからこそ、わたしは青い恩寵《おんちょう》をありがたく自分の眼にいただき、微笑《ほほえ》んだり泣いたりしたあと、それらがやって来た空へと青い妖精たちを返してやったのだろう。透明な空があるかぎり、なにも手元に持つ必要はなかった。芝生に寝ころがって宙を見上げれば、すぐにも豊かな無と永遠とに包まれるのだった。

わたしがまだほんとうに小さかった頃、一匹の犬が世界で初めて宇宙に向かって旅立つという出来事があった。毛脚のみじかい、白っぽくて痩《や》せた体格の犬だった。その犬の少し細長く黒いまだらのある鼻先がしっとり濡《ぬ》れていたこと。尖《とが》った大きめの耳が手前に悲しげに垂れていたこと。からだじゅうをベルトや紐《ひも》で固定されてなんだか窮屈そうだったこと。犬の姿をめぐるそんな細部が、現実というよりはあとづけの幻影のように、遠い記憶のどこかにはりついている。

ライカ、と人々はその犬を呼んでいた。ライカとはロシア語で「吠《ほ》えるもの」という意味らしいが、そんな知識はまだもちろんなかった。かすかに、カメラのライカという商標は知っていたのか、金属やガラスで武装した犬の戦士をその名前から想像していた。あながち的外れな想像でもなかったようだ。ロケットの小さな気密室に閉じこめられ、衛星軌道へと向けて打ち上げられたライカ犬はたしかに、宇宙開発に乗り出した人類の技術文明の先陣を切る勇ましい戦士のようなものだった。ただ彼は人ではなく人によって実験利用された犬にすぎず、おのれの使命をまったく理解していない無垢《むく》の戦士にすぎなかったけれど。

そのとき人類は、青い空としての大気圏を突き抜けてはじめて未知なる宇宙へ参入しようとしていた。宇宙空間から地球が「青い」ことをはじめて確認した瞬間、皮肉にも、人類は空の青さの下に永遠に留まって生きることからも離脱したのだ。青い空に孔《あな》が開いた。宇宙空間という場が、人間によって利用したり滞在したりすることが可能な領域としてはじめて意識された。青い空の下で、おのれの永遠の充満とともに静まっていた大地は、急に騒がしくなった。大地が自分自身から引きはがされ、自分の限界を知らされ、おのれの命運を他者へと預けることになった。

純粋な青の深みを切り裂くように、人間の意識のなかにあらたに開けた宇宙という物理空間。けれどこの未知の空間に人間自らがロケットエンジンによって直ちに打ち上げられることは恐怖以外のなにものでもなかった。科学的な意味で危険であるという以上に、宇宙空間への新たな信仰がまだ人間の心のなかに準備されていなかったのだ。人類はまず、おずおずと自分以外の何者か、自分に似た生き物をこの空の彼方へと打ち上げてみようと考えた。こうして一匹のロシア犬、ライカが選ばれた。なぜ鳥でも猿でもなく犬だったのか。わたしにはわからない。ともかく生物をのせてはじめて宇宙へと飛び立った五〇〇キログラムほどの人工衛星は、キャビンに見立てた気密室を持ち、その小さな部屋には生命維持装置がとりつけられていた。痩せたライカはその部屋につながれた。鼻を濡らせ、垂れた耳のまま。はじめのうちは、物珍しくて尻尾をこきざみに振っていたかもしれない。打ち上げられる直前の、少し緊張した表情のライカの写真を見ると、わたしはなぜかいつも深い哀しみにとらわれる。

ライカ犬の最期についてはいろいろな説がある。発射されて数時間後にはキャビンの加熱とストレスですでに死んでいたという説。いや打ち上げの四日後まではセンサーによる脈拍の運動が地上に伝えられており、それまでは生きていた、とする説。たしかにライカの状態は、心拍数や呼吸、血圧に至るまですべて計器に繋《つな》がれて地上に送信されていた。けれどはじめから地上に帰還するようには設計されていなかったこの人工衛星は、やがて大気圏に突入して燃え尽きる運命にあった。ライカの命は打ち上げとともにすでに見捨てられていた。そのかわり、宇宙の闇に消えたライカは英雄になった。訓練を受けたすべての宇宙犬たちの象徴として、モスクワの公園にはライカの記念碑が建てられた。

ずっとわたしは、このかわいそうな「彼」をオス犬だとばかり思い込んでいた。理由なんかわからない。無意識に、自分の分身のような存在だと信じ込んでいたのだろうか。透明な青への信仰を破って、未知の危険な空間へと飛び出してゆくその姿を、わたしはどこかで自分自身の内部にうごめく得体のしれない衝動として感じとっていたのだろうか。でも、この旅立ちが美しくも、英雄的でもないことを、わたしはどこかで直観していた。ライカがメス犬だったと知った後も、わたしはライカを、自分の分身、あるいはさらに言えば自分が属しているらしいヒトという種の分身として、哀しみつづけた。街を徘徊《はいかい》していた野良犬がみなライカのように見えたこともある。彼らも例外なく、痩せたからだを引きずり、鼻を濡らし、悲しそうに耳を垂れていた。でももう、そんな野良犬に出逢《あ》うこともなくなった。街から野良犬が消えていった。彼らはどこに行ってしまったのだろう。

公園を過ぎてしばらく歩くと、ごてごてした袖《そで》看板に埋め尽くされた繁華街に出た。店から流れ出す電子音楽が、電光の尾を引く彗星《すいせい》のように夕闇のなかを通りすぎていった。

機械的な残響だけが、プラスティックの壁にぶつかって貧弱な渦をまいた。余韻も余情もない音楽。ライカは宇宙空間でどんなノイズを聴いたのだろう。

円筒型蓄音機《フォノグラフ》から漏れ出る死んだ主人の録音された声を首をかしげて不思議そうに聴く白いフォックス・テリア犬の姿がそのときふと脳裡をよぎった。グラモフォンやヴィクターのレコードの商標となったニッパー（咬《か》むもの）。古い声の残響に耳を澄ませる犬。彼もまた幼いわたしの分身だったのだろうか。彼はライカよりちょうど七〇歳年上だった。ヒトの生命時間に換算すれば、ニッパーはライカより三世紀近く前の歴史を生き、死んだ、ほとんど伝説のような存在だった。ふたりは異なった空を見ていた。

2

鉈《なた》の刃先を赤く染めようと、丘《モルヌ》から泥が流れ出す。

——エドゥアール・グリッサン

その日は朝から少し変だった。

薄明《はくめい》の時間の淡《あわ》い光と翳《かげ》につつまれた窓のそとで、いつものように雄鶏《おんどり》が朝のうたいを眠たげに唱《とな》えはじめるのが聴こえた。日の出前のすでに生暖《なまあたた》かい空気に満たされた庭を、風邪《かぜ》をこじらせた旅芸人《たびげいにん》がしゃがれ声でつぶやきながら通りすぎていくような音だ。ノアは夢から覚めかけていた。蔓草《つるくさ》の絡《から》まった樹の太い幹《みき》をスルスルと下りてきて、水辺でゆらめく家の庭に最後にストンと降り立つことができれば、夢からの目覚めはいつも爽快《そうかい》だった。ところがその日はちがった。目覚めの瞬間、不意になにか強い力がノアの意識をもういちど夜の側に押し戻そうとしたのだ。暁《あかつき》を告げる雄鶏の声がゆっくりと遠ざかり、夜に向かって伸びる大木の蔓《つる》に片手をかけたまま、ノアは得体の知れない力によって夢の方へとふたたび送り返される自分を感じた。

こんな感覚ははじめてのことだった。音のない、靄《もや》がかかったような浅い夢の敷居《しきい》にとどまっていると、足もとにある草むらが風になびきはじめた。強い風はノアのからだをゆっくりと岸辺から背後の丘のほうに運んでいく。そこには見慣れないオレンジ色の花をつけた丈の低い灌木《かんぼく》が生い茂っていて、そのあいだを細い踏み跡がくねくねと山腹までつづいていた。ノアはなにかの力にうながされるように、灌木のあいだの細道へと入り込んだ。茴香《ういきょう》の実を割って香りを嗅《か》いだときの、あの苦く甘い芳香があたりに漂ってきてノアの気持ちははずんだ。このなつかしい香りは、彼のなかに母の淡い記憶を蘇《よみがえ》らせた。身体の弱かった母は、ノアを生んだあと母乳の出をよくするために、呪《まじな》い師たちの処方によって茴香《ういきょう》やアニスの実から搾《しぼ》りとった香油《こうゆ》を飲んでいたのだという。ノアのかすかな母の存在の記憶のなかに、ほのかな茴香の匂《にお》いがしのび込んでいるのはそのためかもしれない。歩くこともできないうちに母を失ったノアにとって、この特別の匂いに包まれた小道を辿《たど》ることは、自分が産み出された原郷《げんきょう》を訪ねてゆくような不思議な気配をともなっていた。

夢のなかで無意識にノアの歩みは速くなっていた。踏《ふ》み跡《あと》はどんどん細くなり、やがて灌木の茂みのなかに立ち消えそうに見えた。手を使って草叢《くさむら》をかき分けてみる。太い蛇が一匹だけ通れそうな獣道《けものみち》の痕跡《こんせき》がかすかに認められた。茴香の匂いはどんどん強くなってゆき、ノアの鼻孔《びこう》に清らかな刺戟《しげき》をあたえた。草叢《くさむら》の長い迷路のようなトンネルをもぐるように抜けると山腹《さんぷく》にぽっかりと空き地があった。岩がごろごろしていて、そこだけは草がまったく生えていない。けれども円い空閑地《くうかんち》のまんなかには、美しい佇《たたず》まいをした一本の樹がすっくと立っている。たくましい根がむき出しになり、砕《くだ》かれた岩を抱いていた。少し白っぽい褐色の幹がねじれた太縄《ふとなわ》のように巻きながら空へと伸び、常緑の細かい葉がたくましく揺れている。ビャクシンだ、とノアは思った。高貴《こうき》な野生樹は大きく腕を拡げ、彼の来訪を待ちかねていたように微笑《ほほえ》んで見えた。風が強まり、木の枝がざわざわと騒いだ。微笑だと思ったけれど、あれは悲嘆《ひたん》を隠すための溜息《ためいき》ではなかったのか。ノアがそう気づいた瞬間、不意に夢から覚めた。窓の隙間《すきま》からは朝の太陽が寝床の上に射《さ》し込んで、眩《まぶ》しい光の筋をつくっていた。

夢のなかで風に揺れる大きなビャクシンの樹を見たら、その根本《ねもと》に眠っている死者の魂に近づいたことになるのだ、とアコマ老人が教えてくれたことがあった。しかもその死者とは、夢を見ている者の肉体が生まれてきたおおもとの場所なのだ、と。アコマ老人の謎のような言葉は、いつもそれを忘れた頃《ころ》にかならずノアのもとに遠い谺《こだま》のように還《かえ》ってくるのだった。あるときは現実の出来事として、あるときは夢のなかの予兆《よちょう》として。

――ビャクシンの夢のことをアコマ老人に知らせにいかなくては。

ノアが部屋のカーテンを思いきり開けると、波打ち際のバニヤンの樹のまわりを白いムネモシュネたちがたくさん舞っているのが見えた。ムネモシュネたちの羽ばたきは、ノアに言葉にならない過去の物語をいつも想像させた。白や黒や黄色の羽根が大空を舞い、木々や草花のまわりを旋回《せんかい》していると、それは死者たちがこの世に送り込んだざわめく声の断片であるように思えるのだった。さっきの不思議な夢の続きをムネモシュネたちが羽ばたきで教えようとしているのかもしれない。ノアは玄関先に生《な》っていたマンゴーの実をひとつむしり取ってその瑞々《みずみず》しい果肉《かにく》を口一杯にほお張りながら、白いムネモシュネたちが飛んでゆく森のほうを目指して駆けだした。森の奥には、アコマ老人が住んでいたのだ。

「きょうは特別に暑い日だな。船の甲板《かんぱん》でコーヒー豆を炒《い》ることだってできそうだ」

陽に焼けたアコマ老人は、ノアを見ると皺《しわ》深い顔を彼に向けて冗談めかして笑ってみせた。珊瑚《さんご》石を積み上げてできた簡素な小屋の前には不思議なたたずまいの幅広い木の机がひとつ置かれている。老人がアーラと呼ぶその祭壇《さいだん》のようなテーブルの上には、いつも奇妙な物体がところせましと散乱しており、老人はその前でたえずなにかの作業をしているようだった。木漏《こも》れ日がチラチラと反射している今朝のアーラの上もにぎやかだった。老人が集めてきたさまざまな樹木の種子だろうか。どのタネにも羽が生えていることにノアは気がつき、目をみはった。

「このプロペラのような羽を二枚もっているのがイタヤカエデのタネだ。この翼《つばさ》をつけた実はサマラといって風にとばされてみごとに飛行しながら親木から遠くはなれて仲間を増やしてゆくのさ。どんな機械的なプロペラや翼よりよくできている。すごいもんだろう」

アコマ老人はアーラの上で起こっている奇蹟《きせき》に憑《つ》かれているように見えた。

「実をまるくとりかこんだ羽を持つこれはハルニレ。葉のかたちとそっくりの薄い楕円《だえん》形の実を持つことが、親と子の深いつながりを教えているんじゃ。そしてこれがトネリコの実。トネリコはわしのもっとも大切な樹じゃ。わしの爺《じい》さんはアッシュと呼んで家族のお護《まも》りにしておった。ノアよ、このサマラを見てごらん。まるでマツムシかコオロギの翅《はね》そのものだろう。トネリコのまだ青い実は、風の日にはおたがいをすり合わせて騒ぐのだ。飛ぶまえの身震《みぶる》いのようにな。音を出すところまでマツムシの翅《はね》にそっくりじゃ。不思議だとは思わんかね？」

ノアはたちまちアコマ老人によるアーラの教えに引き込まれていった。老人がいつからこの山の奥に住みつきはじめたのか、誰《だれ》もよく知らない。アコマ老人の子供時代の話を誰もしないのは、彼がよそ者だからだろうか。たしかに老人の顔も、身のこなしも、ことばも、どこかふつうではなかった。一冊の本も持っていないように見えるのに、彼のことばには世界中の辞書から寄せ集めてきたような謎めいた名がよく混じっていた。

「生き物を生き物として維持《いじ》している種《たね》のようなものがある」と老人は空飛ぶ円盤のようなかたちをしたホップの木の翼果《よくか》に触れながら言った。

「目には見えない、でも生き物のすべての可能性を孕《はら》んだタネだ。人間には人間のタネというものがある。蛇には蛇のタネが。ネリヤの島に生えているビャクシンの樹にも、おのれのタネというものがある」

ノアは驚いた。あの不思議なビャクシンの夢の話をするまえに、もう老人には彼の来訪の目的などお見通しなのだろうか。アコマ老人はつづけた。

「だが面白いのはその先だ。人間の身体のなかにみつけだせる人間のタネは、このわしたちのからだの十分の一ほどのなかにしかない。のこりのからだの十分の九は、他人のタネで創《つく》られておるのだ。バクテリアとか、キノコのような菌類《きんるい》とか、藻《も》のような原生生物《げんせいせい》のタネだ。ありとあらゆる菌類のタネを含んだ泥でもって、わしたち人間のからだはできておる。知っておくがよい、ノア。空は人間の故郷じゃない。土だ、この水をたっぷり含んだ土。おまえというやつは、おまえ以外のものが無数に集まって創られたどろどろした泥《どろ》人形《にんぎょう》なのじゃよ」

風がひとしきり森の中を足早《あしばや》にとおりぬけ、アーラの上の木の実が翼とともにあたりへ舞い散った。螺旋《らせん》をえがいて空中を飛翔《ひしょう》しやがて地面に着陸した翼果を、大柄の黒い蟻《あり》の群れが一斉《いっせい》に口に挟《はさ》んでどこかに運んでいってしまった。するとそれを見ていたアコマ老人が突然鋭い声でノアにこう告げた。

「カゲロウ岬をまわった浜に行きなさい。今朝、海から大きな贈物《おくりもの》が届いたはずだ。いまごろはもう村の者たちが騒《さわ》いでおることだろう。行って見て、わしに報告しておくれ。さあ」

ノアは森から駆け下った。空ではなく泥でつくられた人間の話のことが気になったが、それ以上に、カゲロウ岬の向こうの浜に届いたはずの贈物というのがなんのことなのか確かめてみたかった。集落にもどると人気《ひとけ》がなかった。みなどこかに出かけてしまったようだ。浜にちがいない。ノアは全速力で走っていった。バニヤンの蔭《かげ》では空色のムネモシュネたちがかたまってゆったりと羽ばたきながら昔話をしていた。ささやき声の断片が聴こえたように思ったが、ノアは立ちどまらなかった。岬の方から、強烈な異臭《いしゅう》が彼の鼻を襲ってきたからだ。

カゲロウ岬の先端にある珊瑚《さんご》の干瀬《ひせ》をまわった瞬間、白い浜に横たわった黒い巨体が目に入った。豆粒のような村人たちがその黒いかたまりのまわりを取り囲んでいるのが遠目に見えた。ノアは腰が抜けるほど驚き、その場にしゃがみこんだ。黒い巨体の主は、ノアが初めて見る、ワタツミを支配する王者にまちがいなかった。圧倒的な臭《にお》いは、この大いなる生き物があげる断末魔《だんまつま》の息なのだろうか。それは倒れ伏《ふ》したように、浜砂にからだを沈めて重く横たわったまま動かなかった。

ノアはこのとき、自然の大いなる贈与《ぞうよ》の瞬間におそれをなして、珊瑚砂《さんごすな》のうえで陶酔《とうすい》したように凍《こお》りついていた。自分のなかでうごめく泥のかたまり。そのなかに紛《まぎ》れ込んでいた無数の異物《いぶつ》からなるタネたちが、自ら隠し持った美しく鋭い翅《はね》とともに、彼自身を内側から突き上げている……。そんな未知の感覚のなかで、ノアはざわめきを立ててゆれる自分の臓腑《ぞうふ》を手で鎮《しず》めながら、血の異臭《いしゅう》で染《そ》まりはじめた青空を放心《ほうしん》したように眺めていた。

3

おまえの手はどこにあるのか、
ああ、暗闇のなかをさぐってみたところで、
私はそれをとらえることができない。
――フランツ・カフカ

地下へ通じる階段をゆっくりと下りてゆく。白いタイル張りの地下通路は複雑に折れ曲がり、無音のエスカレーターを何度も乗り継ぎ、深く深く下りてゆく。こんなに地中奥まで下りて来てしまって、もし巨人が現れて地表の蟻の巣をつつくように入り口を壊して塞《ふさ》いでしまったらどうなるのだろうか、と一瞬想像する。南半球に住むわたしの友人は、地下には悪の魔王が住んでいると信じて地下鉄にも乗らないし、地下街を歩こうともしなかった。けれどそんな感覚はもうわたしには残ってはいないのだろう。言葉にできない漠然とした違和感だけが、ざわざわと無意識のどこかで音をたてているような気がしたが、階段を下りる自分の靴音にまぎれてそれも忘れてしまった。

電子改札を抜け、最後のエスカレーターを下り終えてようやくプラットホームにたどりつく。電車はたったいま出ていってしまった。つぎの電車がいま二つ前の駅に停車しているることがホームの電光掲示板に表示されている。やがてしばらくすると、掲示板はつぎの電車が隣の駅に到着したことを表示した。これだけ詳しく経過を知らされれば安心だ。二分三〇秒後には次の電車が時間通りにやって来る。いつ来るかわからない電車をただ漠然と待つ、などということはもう誰《だれ》にもできなくなっているのだろう。ディジタルな情報とは、細かく切り刻まれた時間に意味と効用を満たすためにあるのだ。こうして、直線的な時間軸の上を規則的な速度で進むことが生きることと同義になった。時間は、前進する時計の時間としてLED灯で照らし出され、その煌々《こうこう》とした冷たい光のもとで社会が時間をひたすら消費してゆくだけの世界が形成された。時間の外部はどこかに取り残された。

子供たちはむかし知っていた。時計には長短の針というものがあり、その二本の針が影を引きずりながら交差し、ゆっくりと文字盤の上を回っていたことを。その針がときどき動くのを嫌がったり、抵抗してすっかり止まったりしたことを。針の下に落ちる影がそんなときひときわ濃くなって、わたしたちに意識の暗闇を想像させたことを。

ところがいまの子供たちは、「針が回る」と言われてもきょとんとした顔をする。回っている針など見たこともない、というように。彼らにとって「時間」とは針の動きではなく、いつのまにか数字そのものを指すようになった。学校の始業時間は八時二〇分。これに間に合うためには七時四二分の電車に乗らねばならない。家から駅まで歩いて一四分。待ち時間をなるべく少なく見積もって逆算し、七時二六分に家を出る。これが日課。そんな子供たちにとって、時刻はつねにディジタルな数字としてどこかに明示されていればいい。駅舎に、手元の時計に、通信端末に。その瞬間瞬間の時刻が精確にわかることだけが重要で、時というものがどのような動きをするかなんて関心はない。時刻ではなく、時間の経過を知りたい場合は、単に引き算をする。あるいは足し算をして予測する。だから、針が回り、その回転の角度によって時間の経過を直観するような感性は日常から消えてしまった。あの針の角度と影は、かならずしも時間だけではなく、時間を創りだすもの、時間を超えたものの存在をも暗示するなにかとして、わたしたちに不思議な働きかけをしていた。けれど時の経過をめぐる身体的な感覚が消えれば、時と時のはざまに口をあけていた、時計的時間の外部にある仄暗《ほのぐら》い深淵への直観的な理解も消えてしまう。人間はのっぺりとした直線的で定量的な時間を、二四時間三六五日という限られた枠組みとして消費し、規則正しくおのれの生命の終わりまでの時を刻んでゆく機械的な生き物へと「進化」したのだ。

時はあらかじめ流れていて、その上をわたしたちが追いかけるように歩いているのだろうか？　置いて行かれれば、時は二度と戻ってはこないのだろうか？　直線軸の上の時間をただ忙しく前進することだけが目的となったとき、「待つ」ことができなくなった。待つことは単に非効率的な時間浪費として否定された。だが時はそもそも無限定なひろがりだったのではないか。そのなかで生きていれば、待つ機会はいくらでもあったはずだった。人を待つ、便りを待つ、米が炊きあがるのを待つ、満月の夜を待つ、潮が満ちるのを待つ、春の訪れを待つ……。待つことこそ生きることの本質だとさえ言えるほどに。すでに所有したものにではなく、これから到来するであろうものにこそ、希望があった。待っていれば、森羅万象は自然の理《ことわり》とともに回っていることがわかり、季節や暦の輪廻《りんね》がかならずものごとを出会わせ、再会させるのだと信じられた。わたしたち人間の生もこのおなじ環のなかを巡っている、という無意識の了解が、待つわたしたちから無用ないらだちや焦燥《しょうそう》をとりのぞいた。むしろそんなとき、待つことは無上の悦《よろこ》びだった。それはついに時間の檻の外に解放された喜びでもあった。

たおやかに枝を張った大きなトウヒ樹の根元で、いつ来るとも知れぬバスを待っていた遠い異国での記憶がいまなぜか鋭くよみがえる。その田舎道には一日一本だけ、首都行きのおんぼろバスが通るのだった。けれど一日のうちのどの時刻に通るか、誰にもわからないのだ。だから首都に八時間近くかけて買い出しに行こうとする農夫たちは、朝からトウヒの根元で日差しを避けながらバスを待つのが習いだった。いつ来るともわからないバスを、ときに夕暮があたりの平原を赤く染める時刻まで、無為のままに待つ。時計の時間は宙づりとなり、別の時間が樹下に生まれだす。わたしもある日、そんな人々と一緒に木陰にいた。おもむろに、待っている者同士が言葉少なに話し始める。見知らぬ他人の親密な息づかいや柔らかな眼差しが急に印象深く感じられもする。昼近くなると、どこからあらわれたのか、素朴な堅焼きパンにチーズや豆をはさんだサンドイッチを籠《かご》に乗せて売りに来る者がいる。同じ褐色の顔をした村人の一人だ。バスの到着のあてもないので、待ち人たちはサンドイッチの昼食をとることにする。親密さはさらに増し、おしゃべりの声も高まり、午後の斜光がトウヒの影を長く引く頃《ころ》にようやくバスがやってきたときには、わたしたちはみな家族のように打ち解けている。わたしは気づく。時間待ちをしていたのではない。時計の時間から離れたことで、わたしたちは充満した時間をみずからあらたに生み出したのだ、と。時計の針の影のなかに隠れていたのは、そんな瑞々《みずみず》しい時間の嬰児《えいじ》たちだった。影を引かない時計だけが巷《ちまた》にあふれてしまったとき、木立の影に瞬間瞬間誕生する時間もまた失われた。

子供たちはむかし知っていた。砂時計というものがあり、薄暗い色をした砂鉄や、淡い桃色のジルコンサンドや、貝殻の破片でできた白っぽい砂が、昆虫のくびれた腰のような形をしたガラス管のなかを静かに落下していたことを。

砂時計はかならずしも時間の計測器ではなかった。「時間」という不可思議な観念を、具体的な姿として見えるようにしたいという人間の衝動がつくりだしたイメージ装置でもあった。だからそれは、一分という時の経過を測るだけでなく、砂という物質の流動によって、過ぎてゆく時間のはかなさを教えた。ほとんど例外なく砂漠地帯に生まれた人類の最初の文明は、砂の流動という原初記憶のなかに生命の道理をすべて組み込んでいた。だからこそ、砂時計の砂の落下を見ることは、死をまぬかれない人間の宿命を知らせたが、同時にそれは、規則的に落下しているように見える砂の一粒一粒の動きに、迷いや逡巡《しゅんじゅん》、激情や怒り、夢想や憧憬《しょうけい》といったすべての情動が、混沌《こんとん》と交ざりあっていることも教えた。砂ひとつひとつの不規則な結晶のなかに、時間というものの無限の可能態が透視されていた。

　砂がもうかつての砂でなくなったことを、わたしの友人の詩人があるとき発見し、その悲劇を嘆いた。北カリフォルニアの海辺の町に住んでいた彼は、ある日いつも通《かよ》っていた砂浜にでかけ、眩《まぶ》しい太陽に照らされた浜辺の砂が、まるで染み抜きされて細かく砕かれた人間の骨の粉粒に見えてしまったのだ。詩人が見た幻影というよりは、それはあまりにもあからさまな真実のように思えた。砂は影を失って、真裸の姿のまま、神々しい光に照らされておとなしい獲物のようにそこに横たわっていた。そこまですべてを白日の下に晒《さら》さねばならないのだろうか、と彼は疑った。文明とはたしかに啓蒙の光をひたすら求める人間の欲望が生み出したものだったが、もっと多くの光を、と求めつづけた人類は、言葉の神や知識の神を生み出し、その知性の光ですべてを照らし出すことができると過信した。だがその結果、詩人が砂に見たのは、影を喪失したまま、すべてを見通され、すべてを捕獲された従順な獲物の姿だった。砂時計のなかで身をくねらせていた砂は、こんな漂白された砂であったはずはない。「すべて《オムニ》　すべて《オムニ》　すべて《オムニ》」。詩人は彼自身の真言《マントラ》のようにも響くこんな一節を詩に書きつけることで、逆にすべてが白日の下に晒された世界にすら、「すべて」の外部にあってすべてを枠づける魔術が残されていることを暗示しようとした。

わたしは地下鉄に揺られていた。地中深く掘られた鉄とコンクリートのチューブのなかを疾走しながら、携帯端末を操作する群衆の画一的な姿勢と、目線と、こまかな指先の運動が車内の空気に脆《もろ》いさざ波をたてるのを聴いていた。無性に砂漠に行きたくなった。ほんとうの砂漠の真ん中に佇《たたず》むことが無理だとしても、その縁に立って、足の裏に砂の流動を、頬《ほお》に風と黄昏《たそがれ》の流転を感じていたかった。風や砂という強烈な元素の力の存在をまえに、無力な人間であるほかないわたしたちの存在の根拠を、つつましく思い出したかった。わたしたちに力があるとしたら、その無力さのゆえであることを砂に学びたかった。時の砂に。

わたしたちの砂漠に　砂はない。
子供たちは大きくなると
鋼鉄の柵を越えて

高速道路の上でサッカーを遊ぶ。

わたしたちの海に　水はない。
千の青い馬たちが波とともに打ち寄せた。
あるとき、千の兵士たちとともに
馬たちは流れ去った……

（キルメン・ウリベ）

車中でわたしが開いていた本にこうあった。いつの時代を生きた詩人だろうか。いまを生きている詩人だろうか。豊かであった時間がのっぺりとした時計のなかに吸いとられてしまったとき、子供も詩人も生きづらくなった。彼らは砂粒の熱い記憶を知っていた。月のない漆黒の夜も知っていた。時計の針が引きずる影の意味も知っていた。彼らは時の深々とした闇を知る者たちだった。

4

鳥にとっての空気のように、魚にとっての水のように、
あらゆる物質は私の本質にたいして透過性のものとなるだろう。
――ラフカディオ・ハーン

ノアにとっていちばん不思議だと思える感覚は匂《にお》いの感覚だ。嗅覚《きゅうかく》のおかげで、ノアは今までずいぶんあちこちを旅したような気がする。初めて経験する匂いの感覚が身体《からだ》を包み込み、日常の場所ではないどこかへと彼を一気に運んでゆく。それが未知の香りであればあるほど、彼が運ばれてゆく土地は妖《あや》しい異国《いこく》の風光《ふうこう》に包まれている。しかも、見知らぬ土地のはずなのに、どこかに奥深いなつかしさの気配も漂《ただよ》っている。春一番《はるいちばん》の南風が吹き荒れる朝、甘い湿り気を帯びた生暖かい風の運動に顔をあずけていると、鼻孔《びこう》から肺のなかへと赤道《せきどう》地帯のむせ返るような花々の香りに満たされた空気が入り込む。そんな刹那《せつな》をノアはどれほど愛してきたことだろう。南への憧憬《しょうけい》とともに、自分こそその南から遠い昔にやって来たにちがいない、という理由のない確信が彼の身体を貫《つらぬ》くのだ。匂いは、たとえそれが悪臭に近いものであっても、ノアを他のどんな感覚よりも強く、彼自身の外部に連れ出す。匂いは、彼をせまい自己の殻《から》からひとおもいに解き放つ。

岬を廻《まわ》ったところで、あまりの驚きに腰を抜かして砂浜にしゃがみ込んでしまったノアを襲ったのも、なんとも表現しようのない強烈な臭気だった。強い陽光のもと、ワタツミの王者が巨大な濃い影を引きながら死んだように横たわる海岸から、その臭《にお》いはやってきていた。虫の死骸に群がる蟻《あり》の集団のように、大勢の男たちが長い刀を持って、王者の黒い肉体を刻んでいるのが見えた。ぶ厚い皮膚の下に隠れていた白っぽい脂肪の層が解体されて剥《む》き出しになり、それが大気に触れて変質しはじめたのであろうか。息を止めてみても、澱《よど》んだ濃密な臭気は彼の鼻から浸入し、ノアの身体を揮発《きはつ》性のガスのようなものに巻き込みながら宙に浮かび上がらせようとしているかのようだった。初めて知るこの奇妙な浮遊《ふゆう》感は、いままさに目の前に生じた出来事がどれほどに異例なものであるかを、ノアに感覚として語っていた。

見る見るうちにワタツミの王は解体されていった。村の者たちは、どこにどのように刀を差し入れ、肉や脂肪をどのぐらいの大きさで切り出してゆけばいいか、よく心得ているように見えた。水平線の彼方からやって来たこの神の贈りものを、村人は共有物としてありがたくいただき、彼らにあたえられた恩寵《おんちょう》を几帳面な労働をつうじて静かに祝っているようだった。肉は乾燥させたり塩漬けにしたりするためにすぐに保存され、貴重な油はぶ厚い皮下脂肪からだけでなく、脳や肝臓からも抽出された。鬚《ひげ》も、歯も、鰭《ひれ》の軟骨もことごとく回収され、やがて加工されて日用品として蘇《よみがえ》ってゆくのにちがいなかった。人々は何ひとつとして無駄にしなかった。無惨というより、むしろ秩序だった美しい解体作業だった。日暮れ前には、汀《なぎさ》に壮大な白い骨格だけが寂しく残された。潮が満ちてきて太い骨が波に洗われると、湾曲したたくましい肋骨《ろっこつ》は夕陽《ゆうひ》を受けて光り輝き、水を吸い込むかのように小さな呼吸の音をあげた。ノアの鼻を刺激していた臭気はしだいに消えていった。ワタツミの霊が去ったのだ。精霊が運んできた富は人々に分配されて村に幸をもたらした。王者の霊は岬の先端の小高い岩の上に塚として祀《まつ》られた。人々はその塚や祠《ほこら》に供え物を置き、再生を祈り、祭りの日になると躍りや歌を捧げるだろう。霊がこうして静かにワタツミの世界へと帰還してくれれば、それはいつかふたたび、自らを象《かたど》る巨鯨《きょげい》の肉体をもって、あるいは豊かな魚群を引き連れて、人々の住む浜辺への再訪を約束してくれるからである。

寄《よ》り鯨《くじら》が、なぜこの海岸にみずから座礁《ざしょう》するように寄りついてくるのか、ほんとうの理由を誰《だれ》も知らない。ノアもそのことが不思議だった。長老たちによれば、こんな出来事が数年に一度、この海岸にも起こるのだという。鯨の体内にある方向感覚をつかさどる繊細な器官が、入江の岩礁や浅瀬の地形のためか、あるいは地震や潮流の変化のためか、ともかくなんらかの理由によって不意に狂ってしまう。そのために遊泳の自由を失った鯨が、砂浜に打ち上げられたまま脱出できなくなってしまうのだろう、と人々はいう。一種の事故なのだろうか。けれど、浜にみずから乗り上げた鯨をどれほど沖に還《かえ》そうとしても、鯨は決して戻っては行かない、という話もある。汀に寄りついた鯨はかならずその場所で命を捨てる。それはまるで、鯨の方が意を決して、みずからの身体を浜に住む人々へ捧《ささ》げにやって来るかのようにさえ見えるのだ。であれば、これは鯨の体内にあるセンサーの失調という科学的理由だけで説明できるような出来事ではない。ワタツミの神が鯨を浜へと送りこむのだ。その命を受けた鯨こそが、人々によって寄り鯨と呼ばれ、エビス神の化身《けしん》として崇《あが》められる。ワタツミの世界を畏《おそ》れつつ、そこからささやかな幸を魚や貝として受けとってきた人間は、彼らの慎ましい生活信条への褒美《ほうび》として数年に一度、神からの大いなる贈与を受けるのである。

汀に立って、美しく洗われた鯨骨《げいこつ》の白い輝きに包まれていたノアは、気がつくと骨格の内部へと誘い込まれていた。強靭《きょうじん》な背骨と優美に湾曲《わんきょく》する肋骨《ろっこつ》のあいだにぽっかりと広がる胎内《たいない》空間。ついさっきまで、鼻が曲がりそうな臭気が充満していた生命の芯《しん》の部分だ。そこでノアは、ふと自分が鯨のアニマに同化してゆくのを感じた。不思議な感覚だ。視覚がぼやけはじめ、呼吸がゆっくりと静まっていった。珊瑚《さんご》砂の上に乗っていたはずの足が宙に浮き、聴こえないはずの水中の物音が谺《こだま》のように体内の空洞に響きはじめた。やがてノアは、水のなかを泳ぎ遊ぶみずからの身体を意識した。カミの厳粛《げんしゅく》な声が自分を貫き、弱ったまま静かに水底に落ちてゆくのではなく、エビス神として歓喜とともに浜に身を投げ出そうとする自分を感じた。彼は歌うように体内から発する言葉をくりかえした。

ぼくのすみかは宇宙のように広い。だが広くとも狭くとも、それはたいして問題ではない。なぜならぼくには形がなく、したがって寸法もないからだ。ぼくは流動しながら動く半透明の塊《かたまり》だ。ゆらゆらと浮き沈み、不意に震動《しんどう》し、あるときには跳躍するエネルギーの運動体だ。水はぼくのまわりをめぐり、ぼくの内部をもめぐっている。ぼくのすみかの壁はすべてのものを透過《とうか》するので、ぼくは壁を自由にぬけて水のなかをいつまでも泳ぎつづけることもできるし、陽光がチラチラと揺れる海藻《うみも》のあいだをすり抜けて輝く珊瑚礁の縁に触れることもできる。泥のなかに身を横たえる大蛸《だこ》の瞳のなかにそっと忍び込み、イソギンチャクの可憐《かれん》な触手《しょくしゅ》をじっと見つめていることもできる。ゆったりと回遊《かいゆう》するマンタの細長い尾の先にとまったまま昼寝し、まどろみのなかで自らの体内に揺らめく魂の炎に空気を送り込むこともできる。

ぼくは生を超え、死を従える。浮沈《ふちん》を繰り返す岩礁《がんしょう》のように自分を巨大化することもできるし、浮遊するプランクトンの餌《えさ》となる微小《びしょう》なバクテリアほどに小さくなって、自分を無数の粒子《りゅうし》として拡散《かくさん》させることもできる。ぼくはここにいて、同時にあそこにもいる。ぼくの回りをすべての魚が泳ぎ、ぼくの行く場所にそれらはついてくる。ぼくが通過すれば藻《も》や海藻《かいそう》は緑色に萌《も》え立つ。ぼくの種が蒔《ま》かれた水底《みなそこ》では夜光貝《やこうがい》が輝き、真珠貝《しんじゅがい》が美しい珠《たま》を育《はぐく》みはじめる。世界中の人々が日々の幸を求めてぼくの名を呼ぶのが聴こえる。ぼくはある時決断しなければならない。カミの命ずる声が体内の空洞を打つとき、思いきって旅立たねばならない。力が脱《ぬ》けてゆく。潮の流れに身を任せる。底へ底へと何者かが引きずり込もうとする誘いを振り切って、ぼくは浅瀬へと身を投げ出してゆく。海底に沈んで息絶えてはいけないのだ。かならず浜へとたどり着き、白い珊瑚砂の上に身体を横たえねばならない。ゆっくりと、ゆっくりと、ぼくは自分自身から離れてゆく。柔らかな波の光彩《こうさい》がぼくの網膜《もうまく》の周囲に射し込む。この光のたゆたいは汀だ。もう重力に身を任せていいのだ。しっとりと弾力ある浜砂の上に沈み込む。ぼくが連れてきたすべてを、ここにさし出すのだ。浜辺では一人の少女が、汀にたどりついた不思議な漂着物をじっと見つめている。ワタツミの霊を迎える巫女《ふじょ》だろうか。ぼくは彼女の名をなぜか知っている。ウル、というのだ。彼女もまた、珊瑚の細片《さいへん》のようにいくらでも小さくなって、世界中の海岸のどこにでも居ることができる。すべてのぼくが、すべての彼女が居る浜めがけて泳いでゆく。水際にしゃがんだ彼女の掌《てのひら》の先でぼくは最後の息を吐《は》き、贈物を手わたす。ウルがそれを受けとり、村人にカミの来訪を告げる。

そのあと、ぼくはどうなるのだろうか。気がつくと、珊瑚浜の外れの岬の突端《とったん》、鯨の骨でできた簡素な祠《ほこら》のなかに、ぼくの魂《たましい》の影が揺れている。米や酒などの供物が祠の前に置かれている。ときどき小さな手が柏手《かしわで》を打つ音も聴こえる。大人たちの祈りの呟《つぶや》きも聴こえる。仏桑花《ブッソウゲ》の赤い花弁《かべん》が風に揺れ、ぼくの祈り塚に四季を通じて彩《いろど》りをもたらす。ぼくはここで、柏手と、呟きと、溜息《ためいき》と、贖罪《しょくざい》や感謝の声に包まれながら、人々のぼくへの愛を受けとめて静かに漂っている。カミが呼べば、ぼくはふたたびあのはてしない大宇宙へ

と還《かえ》ってゆくかもしれない。でもワタツミへ還って行ったとしても、エビスの祠からぼくが消えてしまうわけでもない。ぼくはもう無数の身体を自在に行き来する力を得たのだ。地上にいて、ウルがその秘密を知っている。

波に白く洗われて光る鯨骨《げいこつ》のやわらかな曲線の隙間《すきま》で、ノアは目を覚ました。すでに夜の闇が浜を覆《おお》い尽くそうとしていた。ワタツミの王の胎内《たいない》でまどろんでいたあいだに、自分の掌が小さな灰褐色《はいかっしょく》の塊《かたまり》を握《にぎ》りしめているのにノアは気がついた。その手の感触は初めてだった。石でもなく、珊瑚の欠片《かけら》でもなく、貝殻《かいがら》でもない。獣《けもの》の糞《ふん》でも、鳥の巣でもなさそうだった。たとえれば、大理石によく似た縞模様《しまもよう》を持った不透明な蝋《ろう》が固まったような物体。野性的な芳香《ほうこう》が、その不思議な灰色の珠《たま》から漏《も》れ出している。匂いがノアの幻想を刺激し、彼をふたたび水の宇宙へと引きずり込みそうになった。そうだ、アコマ老人のところに行こう。今日のことも報告しなくては。ノアはとっぷりと暮れた浜をあとにした。村人はもう一人も残っていなかった。軽くむすんだノアの掌のなかで、心地よい香りをたてる石ころのような物体が、嬉《うれ》しそうに弾《はず》んでいた。

5

論争したまえ、きみら木喰《く》い虫たちよ!
——H・M・エンツェンスベルガー

薄暗い図書館の特別閲覧室にいて本を読んでいたわたしは、突然の揺れを感じて本から目を上げた。地震は警告するように足もとを鋭く小刻みに何度か突き上げた後、床がゆっくりと大きく傾くように左右に長いあいだ揺れつづけた。机の上の読書灯ランプが倒れて消えた。わたしは椅子《いす》からあわてて立ちあがり、逃げるいとまもなく机の下に潜り込んだ。狭い片隅で激しい揺れに耐えるほかすべはなかった。書架から無数の本が落下し、折り重なるようにして周囲に飛び散るのがわかった。書物が崩れ落ちるときの意外に大きな音は、どこか禍々《まがまが》しい悲鳴に似ていて、わたしの心の内側を逆なでした。

ようやくあたりが静まって机の下から這《は》い出してみると、床は乱雑に散らばった本で埋め尽くされていた。そこは稀覯本《きこうぼん》の収蔵庫であった。棚にあったときは、古びた背表紙を誇らしげに見せながら一冊一冊の存在感を示していた書物たちが、いまや形を失った瓦礫《がれき》のように無惨に床を埋めている。本を踏みつけないように注意しながら、わたしは古い羊皮紙本の棚のほうに歩いていった。新大陸への冒険航海が盛んだった一六世紀に作られた、羊皮紙写本の素晴《すば》らしいコレクションの棚だ。本はすべて落下していた。羊や子牛の革をなめしてできたページは厚くて脆《もろ》く、古い綴《と》じ糸も摩滅しているので、落下したそれらの本は衝撃で大半が壊れ、外れた表紙やページの断片があたりに痛々しく散乱していた。これらが修復されることはもうないだろう。そうわたしの直観が告げていた。書物の死、ということばがふさわしい一つの光景。すっかり電子化されて本の所蔵という役割を失いつつある図書館に、かろうじて残されていた書物の一群が、こんな災厄によっても失われていくのか。そうわたしは気づき、瓦礫を前にして深い物思いに沈んでいった。

ふと、千切《ちぎ》れた一枚の羊皮紙のページを拾い上げてみた。一五世紀末に書かれたスペイン提督《ていとく》の詳細な航海日誌を、同時代の誰《だれ》かが抜粋、筆写した貴重なものだった。中世期の古い写本の表面を削って以前の文字を消し、そこに上書きしたいわゆるパリンプセストである。うっすらと古い手書き文字の痕跡が影のように刻まれて残っており、幾時代ものあいだに書き継がれてきたさまざまな人間のことばが、それを刻む手や身体の気配とともに層をなしてページの上に漂っていた。中世期にどこかで羊皮紙に写し取られた古代ギリシアの数学者の秘密の公式を示す文字かなにかが、数百年の時間を経たのちにページの表面から削り取られ、古い文字のかすかな痕跡を残したまま、その上から、こんどは一六世紀初めの大西洋の海風の匂《にお》いを漂わせる航海者の日誌のことばが刻まれる……。

本を読む、とは、じつはそんな重層的な時間や歴史を感じとりながらことばと対話してゆくことだったのではないか、とわたしは気づく。たとえ印刷本の時代になったとしても、書物がそうした厚みを持った身体を具《そな》えたものとしてあるからこそ、わたしたちは書物を自分の生きている身体の延長として認知できたのだ。書物から学ぶとは、この身体の相互浸透と一体化のなかでなされる、とても神秘的な行為にちがいない。一枚の破れた羊皮紙の不思議な重みがてのひらに感じられ、ページは時を超えてなにかを語ろうとしている。わたしは、本を失うことで人類が失うもののことを考えながら、書物の瓦礫のような風景のなかに茫然《ぼうぜん》と立ち尽くしていた。本の死が、本の生と、表裏一体のものとして見えてきたからだった。

むかし、こんな小さな兄弟がいた。彼ら、レイとスキップは、ミシガン湖畔のウォキーガンという小さな町に住んでいた。兄弟たちは、毎週月曜日の夜にはかならず、連れ立って町の公立図書館に行くのだった。海のようにも見える大きな湖のほとりに建つ、煉瓦《れんが》造りの、小さいけれど魅力的な建物だった。

レイもスキップも、玄関を入ると漂ってくる本の匂いがたまらなく好きだった。お目当ての本は、その頃《ころ》どの少年たちもそうだったように、エジプトのピラミッドの本、ミイラの本、海賊の出てくる読み物、恐竜の大型絵本……。日曜日に湖で釣りをしたりボートで遊んだりする以上に、図書館の片隅に隠れた本たちの発する妖《あや》しい気配が少年たちを魅了した。同じ本を、何度も何度も借りて読んだ。あまりに真に迫ったミイラの写真には恐怖を覚えたが、その恐ろしいページだけはさっと飛ばし読みするようにして、彼らはこの古い不思議な習俗のあらましを身体の奥をぞくぞくさせながら実感した。恐ろしいページがあると知っていることが、その本を忌避させる理由ではなく、むしろその本に囚《とら》われてしまう理由になるのだった。恐怖は未知への強い憧《あこが》れから生まれていた。だから、少しずつ学び、ひとつの未知が克服されると、いつのまにかあれほど恐ろしげに見えたミイラの顔が、むしろ深い智慧《ちえ》を背後にたたえた高貴な表情に見えてきたりするのだった。

こうして時が経つと、ミイラをただ怖がっていたレイもスキップも、もうどこにもいなくなった。知らないうちに、少年たちは世界を厚みをもって眺めること、より繊細《せんさい》に世界に触れることを覚えていったのだ。そんな通過儀礼のなかで、少しくたびれた革張りの本の感触や、見返しに印刷された手書きの世界地図のすり切れかかった絵柄などが、少年たちにとっての「エジプト」というものの感触を肉体に刻んでいった。遠く、古いけれど、たしかに自分たちの中のどこかに生きている、という鮮烈な感触だ。

レイとスキップが少し年長になると、おのずと手にする本も変わっていった。図書館の棚のなかでは、ジュール・ヴェルヌの冒険物語やエドガー・アラン・ポーの怪奇小説がずらりと並んでいる一郭《いっかく》が、二人のお気に入りの場所となった。兄のスキップはヴェルヌの科学的な奇想をとりわけ愛した。地球という星のあらゆる構成物、海や火山や地底や離れ小島に人間が惹《ひ》かれる根源的な衝動を説き明かそうとする、ヴェルヌの透明な情熱に共感した。だが弟のレイは少し違った。彼はむしろ、人間の心理の深みに澱《よど》む悪の地層に踏み込んでゆくポーの探求心に惹《ひ》かれた。生と死が、善と悪が、歓喜と恐怖とが、つねに表裏一体のものとして人間の心を真実に繋《つな》ぎ止めていることを、レイはポーから学ぼうとした。

避けることのできない世界の宿命として、人は事物の両面の価値を等しく受け入れねばならない。書物が快楽だけでなく、人の心に痛ましい悲惨をもまた植え付けるものであることをレイは知ったのだった。

幸福な図書館の時代が終わり、レイは小説家になった。それまでに読み、深く呼吸した雑多な書物の感触は、彼のなかで多様な細胞となって頭脳に大いなるエネルギーを供給した。レイの書く小説は、幻想から空想科学、怪奇からロマンまで、縦横無尽《じゅうおうむじん》の幅をもった世界の万華鏡のような姿を描くものだった。ある日、新しい小説を構想していたレイは奇妙な幻影につきまとわれる。この世から、本がすべてなくなる、というイメージだ。さらに悪いことに、その世界では本を読むこと自体が禁じられているのだった。本が智慧《ちえ》と批判力を生み出す源泉であるなら、人間を愚かなままにして、ただ消費的な映像と条件反射的な情報だけを与え続ければいい。そうすれば権力は世界を掌握できると幻想するだろう。レイが幻のように直観した世界の仕組みがこれだった。そうであれば、その世界は書物を敵に回し、それを殲滅《せんめつ》するはずだ。だがその方法は？

レイはある大学の化学科の研究室に電話した。ひとつの単純な疑問の答えを知りたかったのだ。

彼は訊《き》いた。「紙が自然に燃え出す温度は何度ですか？」レイの唐突な問いにたいし、大学の教授は驚いて無言で電話を切ってしまった。別の大学の物理学科の研究室にレイはふたたび電話した。「紙が自然に発火する温度が何度か、教えてほしいのですが？」レイがいきなりこう切り出すと、番号が違います、と冷たく拒否された。

レイは最後に、街の消防局に電話した。「怪しい者ではありません。もしかしてそちらで、紙が自然に燃えはじめる温度が何度なのか、ご存じないかと思って……」

すると、ちょっと待ってくれ、という声がし、騒がしい会話が聞こえたあと、やがて同じ男が電話口にもどってきてこう短く答えた。

「華氏451度だよ」

これだけだった。電話はすぐに切れた。けれど、レイにはこれで充分だった。完璧だった。かしよんひゃくごじゅういちど。この奇蹟《きせき》のような音をもった数字を、レイは何度も口のなかで転がした。魅惑的な音だった。ここからすべての連想が豊かに拡がっていった。

まもなくレイは、この世に存在するすべての本を燃やす使命を受けた一人の焚書官《ふんしょ》の物語を一気に書く。住宅の火事を消すのではなく、本の隠匿が発見されたとたんにその家に行って本をすべて焼却する皮肉なファイアマンの物語だった。だがレイは逆説を物語に塗りこめた。本を禁ずる権力によって本を燃やす役割を担う者がいちばん、本と日常的に接触する者でもあることを。焚書官は偶然ディッケンズの本を読んでしまい、その世界に惹きこまれ、ついに自らの任務に反逆して、書物の文化を守ろうとする「本の部族」の隠れ里へと逃げてゆく。そこでは、住民一人一人が、プラトンからマキャヴェリ、ダーウィンからアインシュタインまでの著作を一つずつ受け持つように、頭脳のなかにテクストのすべてを覚え込んで暮らしていた。書物はここで見事に身体化されて、祖父から孫へと受け継がれながら生き続けていたのだった。

図書館から本がすべてなくなってしまったら……。そうわたしは夢想した。棚からすべての本が消え、人間たちのうしろにただ知性の瓦礫が横たわるだけだったら……。電子情報を、手元の端末に吸い取るだけの「読書」が世の中を支配したら……。それは、レイが描いた焚書官の世界に匹敵する悪夢の世界だ。電子記号に置きかえることができない智慧があることを、身体として受け継がれてきた書物以外の何が告げる力をもつだろう？本は人間の身体の延長であることによって、わたしたちの頭脳のなかで暗唱され、生きることもできる。

崩れた足もとの本の中から、わたしは一九世紀のダンテの小型本を拾い上げた。地獄篇、煉獄篇、天国篇から成る『神曲』三篇を手のひらにすっぽりと握れるほど小さな豆本に編纂した、ローマ発刊の古書だった。木喰い虫が食痕《しょくこん》を残しながらページの縁を食べていた。年輪を確かめるように、この木喰い虫は書物の歴史を縦断して歩いたのだ。プログラムを壊す悪辣《あくらつ》なウイルスはいても、電子の年輪をたしかめる生きた木喰い虫が存在しえないことを、わたしは哀しく想像していた。

6

その森はどれほど暗いのか？

——V・S・ナイポール

夜が明けたようだった。あたりには白地に黒い網目《あみめ》模様を持ったムネモシュネたちが群れ飛び、ささやき声でなにかを話しあっていた。ノアは、町外れのバニアンの大樹の根元で倒れ伏し、自分が朝まで眠りこけていたことに気づいた。ワタツミの底なしの世界を夢遊《むゆう》状態で旅したきのうの疲れが、体の芯《しん》にまだかすかに残っていた。

ムネモシュネたちの飛び方がどこかいつもとちがって見えた。小きざみにノアのまわりを旋回《せんかい》し、彼の左手に向かってやわらかく下降しては、ふたたび舞い上がるのだった。気がつくと、ノアの左の掌《てのひら》には不思議な香りを発する蝋石《ろうせき》のような物体がまだ握られていた。

ムネモシュネたちはその香りに敏感に反応しているらしかった。

――きっとなにかとくべつの意味があるモノにちがいない。

神秘的な灰色の塊《かたまり》を握りしめたままノアは一気に山を駆け登った。足もとに密生するバンジロウの木のほのかに甘い果実が、朝の空腹をやさしく鎮《しず》めてくれた。アコマ老人はいつものアーラの祭壇《さいだん》の上に何か白いものを並べていた。細かい骨の細片《さいへん》だ。不ぞろいの骨をいくつも並べながら、老人はある聖獣《せいじゅう》の姿を再現しているようだった。いちじるしく肥《ひ》大《だい》化した頭部を持った鯨。ノアが浜辺で対面してきたワタツミの王者の姿に、その骨格はよく似ていた。

「どうだ、よく見てきたか？　あれが抹香鯨《マッコウクジラ》、いやエビスの神のほんとうの姿だ」

アコマ老人はノアにこうつぶやいた。きのう起こった出来事のすべてを、すでに知っているような口ぶりだった。

「この骨はな、子どものときにわしのじいさんからもらったものだ。積み木のようにおもちゃにしていたっけ。そう、抹香鯨の背骨の細片だ。でもおまえが浜で見た骨よりずっと小さいだろう。これは母鯨の胎内《たいない》にいた子鯨の骨なんだ。じいさんの生きていた時分、雌《めす》の寄り鯨が胎内に子どもを抱えたまま座礁《ざしょう》したんだな。村人は手厚く祀《まつ》り、祈りを絶やさなかったそうだ。この骨はそのときの名残《なごり》じゃよ。おや、なにか匂《にお》うな。そうか、アンベルじゃな。ノアや、おまえは素晴《すば》らしいものを拾ったな」

アコマ老人はただちに、ノアの掌《てのひら》にあった物体の謎を解いてくれた。アンベル、またはアンバーグリス。すなわち灰色の琥珀《こはく》。龍涎香《リユウゼンコウ》とも呼ばれるこの物体は、なんと抹香鯨の腸のなかでだけ生成する結石《けつせき》なのだった。それは昔から、鯨を食用に解体する民のあいだではよく知られた貴重な天然香料で、さまざまな芳香剤《ほうこうざい》やローソク、さらには酒の香りづけや心臓病に効く漢方薬としても用いられたのだという。かぐわしい香りはこの物体の神秘性を高め、中国で「龍の涎《よだれ》が固化したもの」と考えられて珍重《ちんちょう》された歴史もあった。ノアは知らないうちに、ワタツミの王者の体内のもっとも深いところにしまわれた、生命の香り高い核心を掌に握りしめていたのだった。

不思議な灰色の珠《たま》の由来を、アコマ老人は楽しそうにノアに話してくれた。ふと思いだしたように、老人は小屋のなかから彼の宝物の入った古い木箱をひとつ抱えて戻ってきた。そこからとりだされたのは、丸い角質《かくしつ》の、まるで精巧《せいこう》にできた小さなボタンのようにも見える半透明の物体だった。アコマ老人は昔を思いだすように語りはじめた。

「わしのじいさんのそのまたじいさんは、よく知られた鯨とりだったそうだ。大きな船に乗って世界の海をまたにかけて冒険しておったらしい。異国のことばをいくつも知っておったそうだ。アンベルの話をわしのじいさんは、この鯨とりのじいさんから初めて聞いたらしい。このボタンのようなものはじいさんのじいさんの形見で、昔のアンベルのなかに消化されずに残っていたイカの嘴《くちばし》じゃ。カラストンビとみんな呼んでおるな。どうだノア、おもしろいものだろう。ワタツミの王様の体内には龍の涎が固まって珠になっておる。そこにカラスやトンビが隠れている。獣と、龍と、イカと、鳥とが、このワタツミの宇宙のなかに一緒に組み込まれているわけだ。生き物というのは、こういう、たくさんの異なった種《たね》からできておる、とわしがこのあいだおまえに言ったのはこのことだ。種のなかにはほんものの種も、想像や伝説上の種も、両方ある。人間にとっては、どちらもがおなじように大切な種なのじゃ」

ノアは彼のアンベルをアーラの祭壇《さいだん》の上にそっと置き、木箱のなかの摩滅《まめつ》しかけたカラストンビの小片を掌に乗せてみた。軽い、鱗《うろこ》のようにさえ見えるこの物体が、イカの嘴として、ワタツミの神の胎内《たいない》に呑《の》み込まれていった永遠のような時間について考えてみた。アンベルという神秘的な珠のなかに含まれている、無数の生き物の身体と魂の結合について想像してみた。骨や、胎内の結石として残された生命の残滓《ざんし》が、あらたな生命をかたどり、生命の記憶の一部となっていまの自分の内部を貫いていることが実感された。アンベルのきつい芳香が、山に吹きつけるつむじ風にのってノアの頭上を旋回《せんかい》した。ノアはふたたび、あのワタツミの透明で伸縮自在《しんしゅくじざい》な世界へと連れ戻されそうになっていた。

「いよいよ〈鯨骨《げいこつ》の森〉へ行く準備ができたようじゃな!」

アコマ老人が鋭い目つきでノアの方を見ながらささやくのが聴こえた。

「ノアや、そのアンベルを大事に持っていきなさい。その香りがないと、森の入口から先には進めないからな。わしは、鯨の肋骨《ろっこつ》でできたこの竪琴《たてごと》を持っていこう。森のなかで道に迷ったら、この楽器がきっと役に立つはずじゃ。さあ、いますぐ出かけよう」

アコマ老人の誘いにためらっている時間はなかった。アンベルの香りが、すでにノアの気分をどこか遠い世界へといざなうようでもあった。〈鯨骨の森〉ということばの響きが、ノアの好奇心をさらにかきたてた。アコマ老人を先頭にして、二人は小高い丘を反対側の斜面に沿って降り、緩やかな森の起伏のなかを長いあいだ歩いた。白や黄色のムネモシュネたちが、二人のまわりを飛び交いながら付いてきた。森はだんだんと深くなり、巨大な羊歯《しだ》や、頭上に鬱蒼《うっそう》と繁《しげ》るヒカゲヘゴの姿が目立つようになってきた。

細い踏み跡の先に白く太いなにかが交差して立っているのが突然目に入った。近づくと、それはまさに鯨骨でできた大きな門だった。白くたくましい二本の骨が組み合わされたアーチ状の門のむこうには、さらに深く薄暗い森が大きな口をあけるように立ちはだかっていた。アコマ老人が言った。

「むかしむかし誰《だれ》かが作った鯨塚《くじらづか》じゃ。ワタツミの霊を鎮《しず》めるためにな。この肋骨《ろっこつ》がどこからやって来たものか、言い伝えはない。古い寄り鯨から切り取って、ここに納めたものじゃろう。浜からここまで運ぶのはたいへんな仕事だ。そうしなければならない理由があったのじゃろうな」

ノアは不思議に思って老人にきいてみた。

「でもこのアーチのような骨組みは、塚というより鳥居か門のようですね。この先に、なにかとても大切な場所があることを知らせているような……」

アコマ老人は頷《うなず》いた。

「そう、これは鯨骨の門じゃ。その先にあるのが祖霊《それい》の森。この島のいちばんはじまりの場所といってもいい。ここは畏《おそ》れをもってしか入れぬ森だ。さあ、アンベルをすこし削《けず》り取ってこの門のまわりに撒《ま》いてみなさい。香りが、わしらをこの先へと通してくれる。この、生命が凝縮《ぎようしゆく》した種《たね》の聖なる力がなければ、誰もこの先へ入って行くことはかなわんのじゃ」

言われたとおり、ノアはアンベルの香りを鯨骨の門の周囲にふりまいた。母胎《ぼたい》に戻ったアンベルの香りは、さらに強い芳香を漂わせてノアの嗅覚をほとんど麻痺《まひ》させるほどだった。二人は白い門を通り抜けた。暗い森はますます暗く見えた。道なき道を進むと、ぽっかりとした空閑地《くうかんち》がところどころに広がっていた。木々の繁りは深く、こうした空閑地の上空にだけわずかな木漏《も》れ日が差している。よほど目を凝《こ》らしていないと、薄暗がりのなかで道を見失わずに歩くことはできなかった。この暗さは、たんに森が深い、というだけではないのだとノアは直観した。この深い深い暗黒は、何やら時間の奥に、すなわち過去へと進んでゆくときに出会う、生命の暗さと関係しているのではないか。ノアの感覚はそう告げていた。

やがて真っ暗に見える周囲の森のなかに、わずかな光が無数に点灯した。細く黄色く点滅《てんめつ》するようにも見えるかすかな光だった。数えきれない蛍《ほたる》の群のようにも見えたが、この光は少しも動かず、森の暗黒をむしろ強調しているようにさえ思えた。アコマ老人が座り込み、鯨骨の竪琴をとりだして静かに爪弾《つまび》きはじめた。ノアがはじめて聴く音色だった。

倍音《ばいおん》を宿したぶ厚い響きが、森の暗闇のなかに吸い込まれていく。ワタツミの王者の深い呼吸か叫びの声にそれは似ているようにも思えた。アコマ老人が一心に弾きつづけるうちに、かすかな黄色い光たちがリズミカルに点滅《てんめつ》をはじめた。竪琴の音楽に、暗闇のなかの光が反応しはじめたのだ。竪琴の旋律が速度を増すと光の点滅も躍りはじめた。竪琴が低く静まると光たちもやわらかいリズムでそれに反応した。

——ああ、祖霊《それい》の森が歌いだした。

ノアは畏《おそ》れとともにこの奇蹟のような光景をじっと見つめていた。神秘の暗闇に向けて語りかけようとするアコマ老人の竪琴が、ついに祖霊たちの存在を呼び出したのだ。ノアのかたわらの暗闇に、死者の一人がたたずんでいる気配がした。アンベルの芳香を漂わせながら、その死者は霊妙《れいみよう》な光の精としてノアになにかを語りたがっているようだった。それはとても親密な気配だったので、ノアは無意識にアコマ老人の竪琴に合わせて小さく歌を歌いかけてみた。どこで習い覚えた歌だろうか。ふと口をついて出た旋律《せんりつ》もことばも、この世のものとは思われなかった。

——ナイアン、タック、ナイアン、タック、エト、エト、エト……

暗い森の彼方《かなた》に、以前夢で見たビャクシンの樹が現われた。点滅する光の舞踏《ぶとう》のなかで、ビャクシンの樹の輪郭《りんかく》がぼんやりと浮かび上がるようだった。その根方《ねかた》に、一人の少女がこちらを向いて微笑《ほほえ》んでいた。あの浜辺で幻のように見た少女、そう、ウルだ。どうして彼女がここに現われてきたのだろう。

――ナイアン、タック、ナイアン、タック、エト、エト、エト……

自分も知らないことばが口から漏《も》れ出てくるのを抑えることもできないままに、ノアは竪琴の音を伴奏にして歌いつづけた。闇のなかで、ビャクシンの樹は、その歌に掛け合うように枝を小きざみにふるわせていた。

7

筆をはらい、
彫刻刀を彫りぬくという動作は、
動物が噛《か》んだものを放したり
食い込んだ爪《つめ》を外すのに似ている。
——ゲイリー・スナイダー

「書くこと」がまだ遠い世界の出来事だった幼い頃《ころ》、わたしたちは始終なにかを「掻《か》いて」いた。土であれ、泥であれ、石であれ、樹木の幹であれ、素材それぞれがもつ硬さや柔らかさ、その固有の質感に向けて、爪の先や、指や、棒切れや、尖《とが》ったもので、ひたすらそれを引っ掻いていた。そうではなかっただろうか？

少年になって学校で紙の上に文字を「書く」ことを学びはじめても、あいかわらずなにかを引っ掻いたり掻き混ぜたりするのに飽きることはなかった。この原初的な「かくこと」は、もっぱら野外での遊びだった。海辺の町に点在する松林の丘。その砂地の斜面に、飽きもせず模様を描《か》いた。小さな手で砂をげんこつの大きさほど掻き出すと、乾いていた表面の奥に眠っていたほんのり湿った黒っぽい砂が姿をあらわす。太い線で絵を描くように、砂を斜面の下へと掻いてゆく。削り取られた溝が複雑な絵柄を見せはじめ、わたしたち少年は夢中になってそれを鳥のかたちに、あるいは象のかたちに近づけてゆく。やがて広い砂の斜面に、大きなけものの姿が黒くくっきりとあらわれる。わたしたちは鳥の背に乗って空を飛び、象の体内に入ってしゃがみ込み、眼を閉じる。わたしたちの指のあいだにも、腕のまわりにも、爪のすきまにも、掻き出された黒っぽい砂がこびりついている。履いているズックのなかも砂だらけだ。砂を掻くことでなにかを書く、あるいは描く。わたしたちの喜びや快感の大きさは、ちょうど斜面から掻き出された砂の量に見合っていた。

あるいは、こんな遊びもあった。蝋石《ろうせき》をつかった地面や壁へのいたずら書きだ。蝋石とは近所の駄菓子屋などで売っていたチョークのような筆記用具で、もっぱら石やコンクリートなどの硬いものの表面に絵を描くためのちょっと不思議な手触りをもった道具だった。石と石を接触させると、やわらかいほうの石が削れた痕跡《こんせき》で模様が浮かび上がること。それだけで興奮した。けれど、わざわざ蝋石を買ってから遊んだという記憶もない。未舗装の砂利《じゃり》道や埃《ほこり》っぽい荒地がいくらでもあったあの頃、ほんものの蝋石の代わりになりそうな石はいくらでも転がっていた。わたしたちは白っぽい、やや尖った石を探し、見つけたやわらかい滑石《かっせき》や粘土様の破片でもって蝋石の代用とした。舗装道路や石垣をみつけると、そんな「蝋石」（どんなものでもそう呼んでいたのだ）で模様を描きはじめる。石蹴《け》り遊びに発展することもあった。描けば描くほど、石は削れていった。強く描けば粉が散った。蝋石は削り取られてどんどん小さくなり、やがて崩れてなくなった。この感覚が不思議だった。なにかを書いたはずなのに、なにかが欠け、失われている。わたしは、書かれた文字や絵柄より、むしろ磨り減った蝋石のかたちや質感のほうにたぶん惹《ひ》かれていたのだろう。書くことは、わたしにとってこの筆記具である蝋石が減ってゆく感触として、身体の奥に刻まれたのだった。

描《か》くこと、書《か》くことのおおもとに、なにかを掻《か》き出し、なにかを削り取るという、「加える」のではなく「減ずる」行為が潜んでいることを、人間は無意識のなかで深く受けとめてきたのではなかっただろうか。「書く」という文字に馴らされているわたしたちにとって、それは文字を新たに書きつけてゆく加算的な行為だと見なされている。けれども、「かく」という音の背後にあるより古い意味連関を呼びだすためには、これを「掻く」あるいは「欠く」、と書き換えてみるだけでよい。これらすべては、同じ「かく」という音の根っこを共有することばなのである。すると、書くこととは、文字を次々と書き加えてゆくことである前に、何かを「欠き」、何かを「掻き」とってゆくこととして始まったにちがいない、ということが了解されてくる。土や、石や、木を削り取り、減じてゆくこと。そうして削り、掻いたあとにあらわれる模様が、人間に新しい世界の理解の仕方を指し示した。欠落、消失をともなってあらわれる絵柄こそが、意味を生み出していったのだ。

そう、「欠く」ことこそ、徴《しるし》のはじまりだった。欠けているかたちや模様のなかに、人間は知られざる意味や予兆を読みとろうとしてきた。中国の古い易者たち。彼らはまず亀の甲羅に炎をあて、それがひび割れるまで熱した。そのひび割れ模様を凝視することで、彼らはそこに意味を見出《みいだ》し、神のお告げや出来事の予兆を読みとった。そして、文字を書くとは、この亀の甲羅にできる亀裂や欠落のかたちを写すこととして始まったのだ。書くことは、空白の上にまったく新たになにかを書きつけてゆくことではなく、むしろ欠損や亀裂の痕跡を紙に写しとることとして成立した。文字とは、ある意味で欠損の記憶なのである。書くとは、まさに欠くことだった。

こうした手の感触をなぞるように、古い文字は、たいがい引っ掻いて何かの上に刻まれていった。引っ掻けば、かならず削り痕《あと》がのこり、削った粉がのこった。木の粉、石の粉、銅版の粉が。紙に書きつけたときに減ってゆく鉛筆の芯《しん》。チョークやクレヨンの粉。それらは、文字の古い削りかすのなごりだともいえる。小さかった頃、墨と筆で文字を書く稽《けい》古《こ》のときですら、硯《すずり》の上で擦られて小さくなってゆく墨の不思議な哀《かな》しみを、わたしはどこかで感じとっていた。「書く」ことのなかにある、「欠ける」ことの哀しみを、わたしはどこかで直観していたのだろうか。

　だからこそ、「書く」ことは慎《つつ》ましい行為にほかならなかった。書きつけてゆく能動性の背後に、何かが欠けてゆく悲嘆がたえず感知されていた。書くことは、確固たる意志や思想を文字として自信をもって生み出してゆく手段というよりは、ひとつの表現やひとつの主張が、かならずそれによって失うなにかを孕《はら》んでいるのだという真実を、人間に静かに教える行為だった。だからこそ書くとき、おもわず身構えた。書きつけることで、何かを永遠に失ってゆくかも知れないという想像力が、わたしたちの書く行為に、どこか聖なる気配を与えていた。日記であろうと、手紙であろうと、原稿用紙に書かされた作文であろうと、そこにはわたしたちの、書くことをめぐる慎ましさと悲嘆とが、やわらかく刻み込まれていた。掻くときの刻印された紋様として。感情の掻き消された痕跡として。

文字はいまやあふれかえり、現実と仮想の空間に無尽蔵にはびこっている。文字はあまりにも容易《たやす》く書きつけられ、瞬時に複製され、無数の地点にただちに回覧され、やがてあっさりと放置されて見捨てられ、消されることもなく、二度と読まれることのないデジタルな信号の廃墟をうずたかく積み上げるだけである。ことばは、ただひたすら加算的な記録テクノロジーのなかで自閉したまま増殖し、水増しされて意味を失い、わたしたちの世界から、欠落するということの深い消息《しょうそく》を奪い去っていった。「掻く」ことも「欠く」ことも想像力の彼方に失われ、ただ可視的な文字を「書く」ことの強迫観念だけが、社会を覆い尽くしている。厚顔無恥で不遜《ふそん》な断定や、暴言や、心なき非難のことばが、そうしたことばの空間に氾濫《はんらん》し、人間のこころを痛めつけ、傷つけている。

書くことは豊かになったのだろうか。欠損への記憶を失った、書くことの無自覚で暴力的な氾濫のなかで、ことばは道を見失いかけている。掻き消される声のなかにこそ、真実の一滴が宿っていたことを、顧みるようなことばはもうなくなってしまったのだろうか。

ことばを増やし、何かを創造するというような攻撃的で不遜な思いではなく、静かに削り取り、掻き出し、その減じられた痕跡をこそ、わたしたちの人類としての長い記憶に照らしあわせて読みとってゆく。書くことのもっとも内なる底には、そんな慎ましくも柔軟な身振りが隠されていたのではなかっただろうか？

わたしは貧弱な文字の氾濫するだけの都会を離れて、はるか南に空想の旅をした。時間を遡《さかのぼ》った、記憶の南島である。亜熱帯の湿った風に自分の体をさらし、嵐の烈風や荒れる波浪が語ることばを聴こうと耳をそばだてるために。その幻影の島で、浜辺で大風に揺れるモクマオウの細い枝先のかたちに、子供たちはけものや妖怪の姿を見ては静かに畏《おそ》れていた。白い珊瑚《さんご》砂を掻き上げて吹きつける嵐がつくる風紋の模様に、精霊のお告げの言葉を聞きとっている子供たちもいた。陽に焼けた少年少女は、台風が去って晴れ上がった空を流れる雲のかたちの変容とその切れ端しの姿から、新種の鳥や未知の動物の姿を発見して騒いでいた。そこには、たしかに昔のわたしたちがいた。だが記憶の島にだけいることのできる彼ら、すなわちわたしたちには、もう、この現実の世界に住む場所はないのだった。

急に空が掻き曇った。輝かしい空の青が、巨大な雲の箒《ほうき》によって掻き出され、空は薄暗い黄昏《たそがれ》のなかで、わずかにオレンジ色につつまれて暮れようとしていた。汀《なぎさ》で、ひとりの少年が白い珊瑚片を積んでいた。なにかのまじないなのか、それともただの遊びなのか、かれは骨のように見える珊瑚片を積んでは壊し、またふたたびはじめから積み直しては、小さなピラミッドができるたびにそれを破壊していた。この無言の儀礼をじっと見ていたわたしは、ふと「積む」ということばの裏に隠れている「摘《つ》む」ということばに気づいた。「剪《つ》む」ということばもそこには明滅していた。加算的で、構築的な「積む」という行為もまた、その反面で、「摘み」「剪ん」でゆく欠落や欠損への動きをどこかで暗示しているのにちがいない。樹を育てるときには、花を摘んだり、枝を剪んだりして、樹木のエネルギーを均等に行き渡らせなければいけない、というなによりも簡潔で深い真理が、ふと思いだされてくる。積むこともまた、摘むことによって達成される何かなのだった。

風が砂を払って、その痕跡を水際に残していった。増水した川が、涸《か》れていた川床を濡らし、荒々しい流れの痕跡をのこしてふたたび静まっていった。大風でもぎ取られた阿檀《あだん》の朱色の実が、点々と浜辺に落ちて不思議な星座をつくっていた。すべて自然が書きつけたことばである。何かを欠き、掻き出しながらわたしたちのもとへと届けられる、深い消息をかかえたことばたちの、遠い遠い記憶の風景だった。

8

まつくろのながい着物をきて
しぜんに感情のしづまるまで
あなたはおほきな黒い風琴をお弾きなさい。
——萩原朔太郎

おそろしいほどに深い森のなかで、アコマ老人の竪琴《たてごと》だけが静かに鳴り響いている。たくましく、節くれだった浅黒い指が弦の上を巧みに降りたり昇ったりしている。ふと気がつくと、だんだんアコマ老人の様子が変わり、やがて彼の身体ごと、暗闇に呑《の》み込まれてしまったような気配があった。老人は鯨骨の琴を弾いているのに、自分の意思でそれを奏でているというよりは、あきらかになにものかが老人の指先に乗りうつり、あたらしい意思を持って音楽を引き継いでしまったかのようだった。

鯨琴《げいきん》がたしかに別の音をたてはじめた。アコマ老人は目をつぶって弾いているように見えたが、ほんとうに弾いているのはもう彼ではなかった。ノアには、やって来た新たな奏者が、死者であることがぼんやりとわかるのだった。祖霊の森。そう聞いた時から、ノアはこの森の暗さのなかに、この世の光ではない、ふつうでは見ることもできない光が、そして聞くことのできない音が、じっと潜んでいるのを感じとっていた。

ノアの口から、また不思議な呪文がこぼれ出た。

——ナイアン、タック、ナイアン、タック、エト、エト、エト……

竪琴《たてごと》のするどい倍音の響きに合わせて、ノアはこの知らない節を歌いだしていた。これもまた、彼の口を借りて死者たちが歌っているのにちがいない。ノアの直観はそう告げていた。はじめて発音することばなのに、どこか不思議ななつかしさ、むかし習い覚えたことがあるような親しさの感触が、そこには漂っていた。ノアは自分からことばの抑揚《よくよう》を変え、エト、エト、エトという最後のセリフを長く延ばしながら歌ってみた。二番目のエトと三番目のエトのあいだに、意識的に長い休止を入れてみたりもした。そのたびに、この呪文は表情を変え、ノアの耳に虹のように変容する意味のかたまりとして迫ってきた。たったこれだけの音のなかに、なんと多様な世界が隠れているのだろう。ノアは竪琴の響きがますます高まってゆくのに合わせるように、声を飛躍させたり押し戻したりしながら、歌の陶酔《とうすい》へと導かれていった。

アコマ老人の傍《かたわ》らに、一人の別の人物の気配があらわれた。ぼんやりとした気配で、まるで闇の着物をきているような印象だ。白髪の老人のようにも見えるその影は、やはり鯨琴を胸に抱えて座り込み、一心不乱に琴を奏でていた。アコマ老人に、霊妙《れいみょう》な音楽の作法を教え込もうとしているようにも見える。二人の熱心な音の掛け合いがつづく。アコマ老人の琴がますます鳴りだし、びっくりするほど繊細で装飾《そうしょく》的な旋律が響きわたる。おぼろげな白髪の老人はそれを聴いて、微笑みながら満足そうに頷《うなず》いている。ノアは、はっと気がついた。

——そうか、稽古《けいこ》をつけているんだ。

森の暗闇での琴の音が、むかしの死者を呼びだした。それもかつての琴の名人たちの魂を。すでに死の国にいた名人たちは、アコマ老人の琴が聞こえると、それに合わせて久しぶりに歌遊びをしようと、うきうきしながらこの世に現れてきたのかも知れない。アコマ老人はきっと、そうした死者たちに呼びかけ、めったに受けられない貴重な稽古をつけてもらおうとしたのだ。これは奇蹟のような遊び。嬉々《きき》として歌いながら学ぶ教室なのだ。死者の霊といっしょにいることが、少しも気味悪さの感覚を呼び出さないことが、それを証明していた。
ノアは思った。なんてすばらしい教室だろう。生命の境を踏み越え、冥府《めいふ》の淵《ふち》を渡りながら、生者と死者が出逢い、ともに琴を奏でながら歌っている。闇と光を混ぜ合せながら、天上の音楽を奏でている。遊び心あふれる精神が、暗闇のなかを飛びはね、蛍の群れのように揺れながら発光している。ノアの口からまたあのことばがほとばしった。

——ナイアン、タック、ナイアン、タック、エト、エト、エト……

闇のなかで、点滅する光が一本の大樹の輪郭《りんかく》をくっきりと際立たせていた。いつか夢にでてきたあのビャクシンの樹だ。その根本に座っていた少女が、おぼろげな衣装を風になびかせながらノアのほうに近づいてきた。口を少しも開くことなく、少女はノアに語りかけてきた。体の芯《しん》から直接響いてくるような、不思議にこもった、でも清明で美しい声だった。
「わたしはウル。そう、もう知っていたわね。浜辺で、ワタツミの王の骨の隙間《すきま》から、あなたのことをじっと見ていたわ。あなたの歌っているそのことば、遠い遠い国の鯨捕《と》りたちが住んでいた小さな島の名前よ。いまはナンタケットと呼ばれているその小島に、世界中の鯨捕りの大半の人々が家を持っていたの。角《つの》のように張りだした岬、その長細い砂州の南の、とても潮流のはげしい海に、その小島は浮かんでいたのよ。ナラガンセットの民のことばでナイアンは鋭い角のこと。タックは潮の流れ。そしてエトは……」

ここでウルの声はすこし途切れた。そのことばの意味を告げることが、禁じられているかのようなそぶりで首をかしげ、少しためらったのちに、彼女はつづけた。

「エト、というのはナラガンセット語で涯てのこと。終わり、という意味かしら。でも、陸の涯てから海が始まるのだし、海が涯てるところに陸地が待っているのだから、終わり、っていうのは、始まり、という意味でもあるわ。エトはだから、終わりにして始まり。死者と生者が出逢うところ。いまのあなたがいるこの森も、そういう場所のひとつなの。その呪文、よく覚えていたわね」

意味も知らずにつぶやいていた呪文が、遠い遠い国の島の名前であったことを知ってノアはこころ打たれていた。ウルは、ノアが覚えていた、と言ったが、むかしどこかで聞き知っていた覚えはない。でも、ナラガンセット語の意味を教われば、それがノアの記憶の芯にかすかに触れてくる感覚を否定することはできない。鋭い角の周りの潮の流れ、その涯て。太古の鯨捕りたちが住むそんな場所に、自分がたしかに居たことがあるような感覚が、からだの奥深くに刻まれた切り傷のように、かすかに疼《うず》くのだった。

ウルがノアの手をとった。一緒に行きましょう、とその開かぬ口が告げていた。死者たちとともに鯨琴を一心に弾いているアコマ老人をその場に残して、少年と少女はさらに闇の奥へと進んでいった。ウルが不意に消えた。手をつないでいたノアも、そのまま闇に吸い込まれた。ビャクシンの樹の洞《うろ》のなかにすべり込むように、ノアは闇と一体化していった。底なしの暗闇を漂ううちに、ウルが彼を小さな光の点滅する地平線へと導いてゆくのがわかった。ノアは小さな少女にすべてを任せることにした。彼をこの世につなぎとめる重力というものを放り出し、ウルの掌《てのひら》に彼自身をすべてゆだねた。

「コリブリ、そうコリブリを一羽さがしましょう」

そうウルが言うのが聞こえた。なんのことだろうか？

暗い森の奥に、光のトンネルが見えた。ウルはそこに向ってまっすぐに進んでいく。近づいてみると、そこは眩《まぶ》しい光の回廊《かいろう》のようになっていて、太いくねくねした幹をもった堅固《けんご》なヴァコアの木が繁《しげ》みをつくっていた。繁みのすきまにトンネルのような回廊が開け、向こう側は眩しい光の世界だ。ウルとノアは回廊を抜けて、光の雨を浴びた。あまりにも目に眩しく、あたりの景色がハレーションをおこしたようだった。

目が眩しさに馴れてくると、周りには小さな白とオレンジの花が房状に咲いているのがわかった。花弁には、朱色の筋が幾本も通り、上から見ると小さなオレンジ色の独楽《こま》が流れる絵柄を引きながらくるくると回っているようだった。アンラの樹よ。そうウルが言った。アンラ、そうかマンゴーの樹のことをむかしの人はそう呼んでいたとアコマ老人から聞いたことがある。ウルはずいぶんと古い言葉を使う女の子なんだな。ノアはなんだか可笑《おか》しかった。

「アンラ樹の花弁には、きっとコリブリが訪ねてくるわ。ここでじっと待っていましょう」

ウルは確信しているようにそう言った。

山を登るノアのあとを付いてきていたムネモシュネたちは、不思議なことにこのアンラの樹の回りにはいなかった。そのかわり、やがてウルがコリブリと呼ぶ、蛾のようにも見える小さな鳥が、羽を高速回転させながら房状の花にやってきた。ブーンというこの飛翔《ひしょう》の音からみても、ハチドリにまちがいなかった。アコマ老人は、遠い遠い「亀の島々」に住んでいるというハチドリの神秘の話をしてくれたことがあったが、ハチドリがノアのい

る島に棲息《せいそく》しているはずはなかった。ウルはぼくをどこに連れてきたのだろう。ノアは不審に思いながらも、一秒間に一〇〇回近くも羽をはばたかせるというこの奇蹟のような鳥の姿にすっかり魅了されていた。蜜を吸おうと空中で静止するその姿をよく見ると、青と緑の輝く胸に、喉《のど》の朱色が鮮やかだった。

ウルの動きはすばやかった。淡い灰色の着物の裾《すそ》をたくしあげ、ひとおもいにアンラの花房もろともハチドリにかぶせてあっというまに生け捕りにしたのだ。ハチドリの美しさに見とれていたノアはびっくりした。でもそれは驚きの前兆にすぎなかった。口を開かないウルが、心の声で次のようにノアに語りかけたとき、ノアの心臓は止まりそうになった。

「これからあなたの大事なお守りをつくるのよ。よく聞いていてね。まずこのコリブリのはらわたを抜くのよ。そして、わたしの髪の毛を一本そのなかに詰めるの。それからあのヴァコアの木の葉の繊維から糸を取りだして、コリブリの胴を縫うのよ。そして、そのお守りを、あなたはずっと肌身離さず身につけておいて。妣《はは》のくにに行くためには、それだけが方法なんだから。忘れないでね」

ウルから手渡されたコリブリは、すでに息絶えていた。目をつぶったまま背中を見せて静かに立っていたウルの長い黒髪を、ノアは一本だけ慎重に抜いた。教えられたように、コリブリのはらわたを抜き、髪の毛を空洞のなかにしまい、ヴァコアの糸で結んだ。鳥の虹色のような光沢は、なんだかかえって鮮やかになったように見えた。アンラの花弁が、マンゴーの果実を生む母であるように、コリブリの煌《きら》めく護符《ごふ》がノアを母のもとへと導いてくれるのだろうか。小さかったはずのウルの背丈がビャクシンの樹上に届くほど大きく伸びている幻のような光景が、そのときノアの網膜《もうまく》には映っていた。

9

手が活字を押していって
枠縁のなかに順々に並べた、
その指使いのうちに横たわっていたような、
幼年時代の全体……
——ヴァルター・ベンヤミン

めずらしいほどうららかに透きとおった、秋晴れの朝だった。澄み渡った風が遠くはるかな山々の方角から流れてくる気配にさそわれたわたしは、ためらわずガレージに停めてある古い型のオープンカーに乗り込み、イグニッション・キーを回した。始動のエンジン音が朝の張りつめた空気を震わせるのが聞こえた。この毅然《きぜん》とした点火の音はいつも心のたかぶりをさそう。ゆっくりと車の推進力を確かめるように海岸通りへと出、西へむかって速度を上げてゆく。タイヤはしっかりと路面をとらえ、堅固に造られた車体は道路の凹凸をきびきびした振動によってわたしの体に伝えてくる。アクセルを踏みこめばそれに応じてきちんとエグゾーストノートの轟音《ごうおん》が吠《ほ》える。湿り気を帯びた快活な風が唸《うな》りとともに頬《ほお》をかすめてゆく。皮のハンドルを握る手が久しぶりに昂揚《こうよう》し、操作の感触を慈《いつく》しんでいるのがわかる。シフトレバーの先端で光る丸い金属製のノブにふれる指先が、気持ちよくボサノヴァのリズムを刻みはじめる……。

音がすること。適度に揺れること。風が抜けてゆくこと。ハンドルに重みがあること。自らギアの変速のタイミングを選べること。これら、クルマがクルマであることのもっとも本質的で快楽的な特徴を、車はすっかり失ってしまった。いや、自ら放棄してしまった。鍵がなくとも開くドア。ボタンを押すだけの始動。爆音を欠いた静かすぎるエンジン。ギア変換など気づかないほどに自動化された変速装置。大地の凹凸が生み出す豊かな振動を吸収してしまう車体。何もせず、すべてはコンピュータが管理し、監視し、人はただ安楽椅子に座っているような感覚で移動できるという「先進技術」。足も、手も、指先も、もうほとんどなにかを踏み、握りしめ、自覚的に触れている必要はない。自動操縦装置に運転を委《ゆだ》ね、ブレーキすら踏む必要なく、全地球測位システムと連動したモニターが地図上の車の位置を映し出し、無機的な人工音声が道順を唱えつづける……。道に迷うことを過度に怖れた人間による、科学技術に依存した対処療法。けれど、迷うことはそれほど致命的なことだったろうか？　迷い道のなかで遭遇した未知の風景、見知らぬ他人の優しさ、そんな不思議な喜びの記憶が頭の奥深くで明滅する。いや車だけでなく、人生に一時《ひととき》迷うことから、人は大切な人と出会い、なにか貴重なことを学んできたのではなかっただろうか？

ありえない自動車をむかし夢想したことがあった。運転席にはハンドルの代わりに小さなピアノのような鍵盤が美しくしつらえてあるのだ。車の操縦は、このキーボードを両手で自由に「演奏」することによって行われる。弾かれた曲のかもしだす感覚的・情緒的な気分が、車の動きを柔らかく決定してゆく。夜露に濡れた路面からたちのぼる朝靄《あさもや》のなかをおもむろに走り出すときなら、ドビュッシーの「水の反映」冒頭の緩やかな重層音の連なりを弾きはじめればよい。速度に乗ってきたら、快活なリズムでビル・エヴァンスの「ワルツ・フォー・デビイ」。高速道路を駆け抜けて人気《ひとけ》のない荒涼とした谷間の九十九折《つづら》りの道に出たら、ちょっと前衛的にケージの「ある風景のなかで」。午後のきらびやかな斜光が車をつつむ頃には速度を緩めてシューベルトの哀愁漂う変イ長調の即興曲。やがてショパンの「別れの曲」を弾きだせば、車は夕暮のなかを徐行しながら一日にささやかな惜別の歌を歌いはじめる。家へと戻り、バッハのアリアの断片をピアニシモで奏でれば、車はガレージに静かに入ってゆく。静寂のなかで、指の躍動から解放された白い鍵盤《けんばん》が、明日の小さな幸福を祈っている……。

けれども「技術」はそのようには展開しなかった。手ごたえのある操縦術はすべて嫌われ、車の自在の動きも電子によっておとなしく制御された。荒馬は、ロボットのように精巧で、でも面白味のない機械として調教され、完成された。ピアノの鍵盤が即興演奏をドライバーにさそいかけるかわりに、ハンドルはひたすら軽く軟弱な舵《かじ》となり、すべての操作が、投げやりな指先一本の動きで済むタッチパネルによるものに変容した。ベートーベンのピアノソナタ第三〇番の第一楽章の、あの息せききった、切なくも叙情的な旋律をヴィヴァーチェで弾きながら、多島海に張りだした断崖の上の道路を黄昏《たそがれ》どきに飛ばす、そんな夢は実現するべくもなかった。誰《だれ》も想像することすらなかった。

夢のような車を脳裡《のうり》に描きながら、わたしはなにを求めていたのだったろうか？　指の先の、ふるえるような未知の感覚。ピアニシモからフォルテシモにいたる細やかで躍動的な指先の動きが、そのまま操縦する車の動きへと身体的に移されてゆくこと。なにかをつかみ、にぎり、触れ、その手や指の先端の瑞々《みずみず》しい感触を自己の意識に刻み込むことで、

「世界」というものの先端を柔らかに感じとること。自分の手で、自分の指先で、全身で、動きを生み出すこと……。なぜなら、「世界」というリアリティは、自分の身体に触れ合うかたちで、足もとにも、指の先の小さな一点にも凝縮されて存在しているのだ、とわたしは信じていたのだから。わたしだけでなく、どんな子供も、そして大人も。

アメリカ大陸という、見果てぬ夢に彩られた世界最大の荒野をひたすら車で移動しながら『路上《オン・ザ・ロード》』という痛快な小説をなぐり書きのように自由な筆致で書いたジャック・ケルアック。主人公の運転する車がメキシコの砂漠へと突き進んでゆく描写のなかで、彼はこんなふうに印象的に書きつけていたはずだ。

「永遠のなかでぼくはたったひとりでハンドルを握っていて、道はまっすぐ矢のように延びていた」

わたしはおぼえている。ケルアックとおなじように、メキシコ国境の川を渡ってインディオの野生の領土へとまっしぐらに南下しようとしたとき、自分のまえに矢のようにまっすぐな道が蜃気楼《しんきろう》の彼方《かなた》まで続いていたことを。揺らめく砂漠の熱い大気が、過ぎ去る風景を赤茶けた荒野へと炎上させ、穴だらけの道を疾走するわたしの手は車のハンドルにしがみつきながらふるえていたことを。それでも指の先は、即興の音楽を中空に奏でようと身構え、移動の快感のなかでふるえながら、見えざる鍵盤の上を動き、不可視のギターの弦をつま弾いていたことを。ハンドルを握るわたしの指先には、たしかに強烈な「世界」というものの感触があった。

あの矢のようにまっすぐ走る道の彼方に住んでいたのは、「泣き叫ぶ原始の人類の血」(ケルアック)を正しくひく者たち、すなわち素朴で偉大なインディオたちだった。文明社会が蔑《さげす》むように見下す愚者でもなければ、道化でもない、落ち着いて澄んだ目をし、繊細な指先を持った、聡明な部族だった。世界とおのれの身体とを、可能なかぎりまっすぐに、直接接触させることからすべてを知ろうとする人々だった。だから彼らはいつも、手を伸ばしてなにかに触れようとする衝動とともに生きていた。大地の上を走るイグアナ。砂漠の叢林《そうりん》の陰にぽっかりと口をあけた泉。幻覚をもたらし、高次の夢のなかで意識に明晰《めいせき》な発見をもたらすペヨーテ・サボテンの柔らかい果肉。彼らの指先は、それらを求めた。獲物をとらえ、水を汲《く》み、聖なる食物を手に入れようとする、あまりにもあたりまえで、かつ高貴な身振り。ささくれ立った老人の手の先にも、笑顔まぶしい少年たちの細い指先にも、そんな優雅な精霊が宿っていた。それらは、わたしたちの誰もが、指先に実現しようとしていた、あのなつかしく満ち足りた日常の恩寵《おんちょう》を思い出させてくれるものだった。

喪失の痛みは深い。意識の鍵盤を自在に演奏しようと身構える繊細な指先はもうどこにもなくなってしまった。いまや指の先は、冷たい電子画面を通じてプログラムされた指令を伝えるだけの、身体とのつながりを徹底的に欠いた、無機的な信号機の尖端《せんたん》にすぎない。

スイスの山中にある美術館には、すばらしい指人形のコレクションがあった。画家パウル・クレーが、幼い息子フェリックスの誕生祝いのために制作した三〇体ほどのユーモラスで奇怪な指人形。それらは牛の骨、ブラシの毛、毛糸、皮革、胡桃《くるみ》の殻といったありあわせの素材でできていて、父や息子の機知によって楽しい、あるいは恐ろしげな名前がそれぞれつけられていた。悪魔、死神、鰐《わに》、アヒル、桂冠《けいかん》詩人、道化師、がみがみ農婦、マッチ箱の幽霊……。父パウルは菓子箱などを利用して手作りの劇場枠をこしらえ、そのなかで悪魔や詩人がでてくる即興劇を息子に上演してみせた。指人形は、父の指先の微細でユーモラスな動きとともに生命を吹きこまれ、優雅に踊り、また深い苦悩に沈んだ。画家は、指先のほんのわずかな動きが、世界と人間の意識や感情とを自在に結ぶものであることを子供に伝えようとしたのだ。わたしたちの指先にそれほどの力があるということを、指人形という細工じたいが教えていた。メキシコの砂漠の民も、ボリビアのインディオも、そういえば羊やアルパカの毛糸で小さな動物の指人形を編んでいたはずだ。この日常の優雅なアートは、いまでもあの荒野の蜃気楼の彼方で生き延びているのだろうか。

夢のように青い空のもとでのドライヴから戻り、ふたたび灰色の都会の雑踏に紛れ込んでわたしは考える。指人形を子供のために造る親などいまどこにいるのだろうか、と。指先への信頼が消えてしまえば、すべての指先のアートは衰退する。手を伸ばしてなにかに触れる指先のみずみずしい感覚へのことばにならない憧《あこが》れ。世界が、その接触の一点から始まるのだという期待。見えているのにすでに生命を失ってしまった自分の指の先を見つめながら、それが次に触れるものは、ほんのりと温かく、創造の生命が通ったものであってほしい、とふと願う寂しい時《とき》の間《ま》があった。

10

「気づきなさい」と声が呼びはじめた。
——オルダス・ハクスレー

祖《そ》霊《れい》の森の暗がりから出て、ノアはまぶしい光のなかにひとり立っていた。ポケットには虹色の鳥コリブリのはらわたを抜いて造《つく》った輝く小さなお守りがそっと収められている。アンラの樹々のオレンジ色の花弁が独楽《こま》のようにくるくるとあいかわらず回転しながら、ノアになにかを誘いかけてくるようだ。どこにいるのかもわからず、そもそも時間というものが流れているのかも判然としない。闇と光が溶けあい、生者と死者の気配が渾然《こんぜん》一体となった世界のなかで、ノアは自分が何者でどこに行こうとしているのか、そんなあたりまえのことすら忘れているのに気づいてびっくりした。

長い髪をしたウルのやわらかな感触は、どこかに消えかけていた。不思議な少女だ。口を開かずに語り、ものの見えない背後を透視し、自分の身体の大きさをどのようにでも変えることができる。古い言葉を知っていて、ノアの心のなかにある忘れていた記憶を引き出すこともできる。どこにでもいる少女のように屈託なく振る舞うかと思えば、歴史を繙《ひもと》く哲人のような知識を重々しい表情で教えてくれることもある。ノアのそばに突然姿を現し、彼をどこかに導くようでいて、その行動は謎めいていて不可解だ。どこか遠くからじっと観察されているような気分。彼女のてのひらのなかで自分が踊っているだけなのではないか？　けれどもノアは、たとえそうであったとしても、祖霊の森を抜けた先にある、見知らぬ世界の縁《へり》にまで行ってみたいという気持ちをおさえることができなかった。ウルがそのための鍵をノアに渡してくれるにちがいない、という理由のない確信もあった。ウルにすべてをゆだねてみよう。ノアはそう決めて、アンラの花弁の絵柄が小さな螺旋《らせん》を描いてくるくると回るのをじっと見つめながらなにかの訪れを待っていた。

やがてポケットのなかにかすかな温もりが感じられた。いそいでコリブリのお守りを取り出してみる。死んでいるはずのハチドリの羽毛が命を得たように鮮やかに輝き、わずかに熱を発しているようだった。尾の先端からは細く黒い糸のようなものが垂れ下がっていた。はらわたに詰めたウルの髪の毛の先端だろうか。ノアがその糸の先を持ってコリブリを宙にぶらさげると、虹色の鳥はぐるぐると水平に回転し、ある場所を嘴《くちばし》で指してぴたりと止まった。嘴の先では、アンラの鮮やかなオレンジ色の花の一つが風に揺れていた。コリブリのお守りは、まるでそこに新しい世界への入り口があるかのように、じっとアンラの花弁の芯《しん》を指して動かなくなった。

そのときである。揺れながら回っていた花弁の中心に、小さな黒い穴のようなものが不意に現れたのだ。渦巻きのようにねじれながら、その小さな通路はゆっくりと広がり、穴のなかになかば隠れた雄蕊《おしべ》が手招きするように動いて、花弁のなかへとノアを誘っていた。じっと穴の暗闇を凝視していると、奥からかすかな声が聞こえてきた。木霊《こだま》のように反響するその声にはたしかに聞き覚えがあった。ノアは花弁に耳をぴったりと寄せてみた。

「ポ・クア・ホーグ。これがまじないの詞《ことば》。さあ、行きましょう。闇のなかに入ってきなさい。ポ・クア・ホーグ……」

ウルの声にまちがいなかった。倍音がかかって声の輪郭《りんかく》がつかみにくかったが、たしかに彼女の声だ。アンラの花弁に空いた穴は、まるでウルの開かない口のかわりのようにふるえながら、ノアをその通路のなかに誘っていた。彼はコリブリのお守りをポケットにふたたび収め、オレンジ色の花弁のなかにぽっかりと空いた闇のなかに指先を差し入れてまじないの詞をつぶやいた。

――ポ・クア・ホーグ。

そのとたん、彼の身体は吸い込まれるようにして、真っ暗な通路のなかを泳いでいた。闇のなかはほんのりと暖かかった。アンラの花のかすかな香りが漂い、木霊のようなささやき声があちこちから響いていた。細い通路は血管のようにうねり、曲がりながら、ずっと先まで続いているようだった。重力を失って漂うように暗いトンネルを進むうちに、闇に目が慣れはじめた。細長い筒状のトンネルの内壁は柔らかく、キラキラと光り、まるで臓器《ぞうき》のようなぬめりの感触がノアの身体に触れてくるのだった。しかもそこには、不思議な光と影の模様が投影されていた。何ものともわからぬ絵柄が、ゆっくりと筒のなかを移動してゆくノアの視線にパノラマのように流れていった。不意にまたウルらしいささやき声があたりにこだました。

「わたしのなかを通ってゆくときは、だれもが見なければならないものよ。見えるものに驚かなくてもいいわ。音も聞こえるかもしれない。そのときはじっと耳を澄ませてね。少し長い道のりになるかもしれない。でも、すべてを受け止めること。そして、心の深いところで、なにかに気づいて。ことばではなく、知識でもない。そうしたものが水で解け出してしまうような、おぼろ月のような心持ちのなかで。そういう気づきを、暈開《ユンカイ》というの。さあ、見て、そして気づくのよ」

それから先の光景は、ノアにとってまさにことばにならない異様なパノラマだった。トンネルの壁に映し出されるようにして展開するそれは、色を失った絵巻物のように闇のなかを流れながら、ノアの身体の芯《しん》に直接なにかを訴えかけてきた。忘れ去ったはずの深い深い記憶が、心の内側からとり出されてくるような映像でもあった。

まずはじめに、点滅する光の束が寄り集まって群衆の姿となった。群衆は蟻《あり》のように忙しく動きまわっていた。よく見ると、人々は武器をかかげ、四方八方に散らばりながら戦っていたのだ。原野に靄《もや》がかかり、銃声と爆撃の轟音《ごうおん》が交互に聞こえた。人間が吹き飛んでゆく正視に堪えない瞬間もあった。やがてはげしい雨が降ってきた。戦場では、ささくれだった大地になおも空から火の玉が降りかかり、おびただしい人と鋼鉄の車がすれ違い、逃げ惑うように見えた。地平線の彼方には、不気味なキノコ雲が何本も上がって空を灰色の傘で覆っていた。冷たい風が吹きすぎ、ノアの皮膚に不気味な戦慄《せんりつ》が走った。

映像は流れてゆき、苦悶《くもん》に満ちた場面は去って、荒れ果てて煙をあげる原野のなかに、一筋の銀色の川が見えた。幅広く、ゆるやかに蛇行する川だ。無数の動物たちがその川に集結していた。大小あらゆる種類の野生動物が、いっさいの声を上げずに、静かに身を寄せあっていた。動物たちは、なにかをいままさに決行しようとしているかのように見えた。集合的なひとつの強い意思が、群れ全体を貫いているようだった。新月のように細長い弧状の角をつけた巨大な牛たちの群れが先頭に立って、動物は銀色の川を渡ろうとしていた。獅子や豹《ひょう》たちは家族を引き連れ、重い水銀のような水のなかを泳ぎはじめた。カモシカの目には涙が光っていた。羊が瞑想《めいそう》の表情で川を渡りはじめ、そのあとを狼やウサギや小型のネズミたちが続いた。蛇やアルマジロが、大きなリクガメの背中に乗ってゆっくりと銀色のさざ波のなかを移動していった。シェトランド・シープドッグに似た牧羊犬《ぼくようけん》が群れの最後にいて、あたりを監視するように振り返りながら、最後に川を渡った。動物たちの行く先には、白い氷雪の大地がはるか遠くにかすんで見えた。

さらに場面は流れていった。あちこちで山が隆起し、地響きの音とともに噴火が起こった。マグマの熱が噴出し、火砕流が大地を縦横に交差し、海に流れ込んで巨大な白煙をあげた。沸騰《ふっとう》する海のなかから、魚たちが躍り出してきた。魚はふたたび海に潜り、海底へと逃げるように姿を消した。熱にふれて爛《ただ》れた皮膚を無残にさらして、海獣たちが煩悶《はんもん》する肉体を岸辺に横たえた。ほの白いガスのような空気が大地を覆い、シダの繁茂する森のなかを羽をつけた恐竜の仲間が無表情に行き交っていた。ノアは、この驚くべきパノラマが展開する場面の奥底から、たえず一つの低音が鳴り響いているのを身体の芯で感じていた。ごー、とも、ずーん、とも聞こえるその低い音は、ノアの心音とどこかで同期し、共振し、彼の体内にある未知の音楽を呼び出そうとするかのようだった。ゆっくりと身体を伸ばし、腕を大きく振り上げて、ノアはこの壮大な楽劇の指揮をするように、トンネルのなかを流れるパノラマの光景のなかに身を投げ出していた。

やがて、すべての景色が闇のなかに消えた。ただ、ざらざらざら、となにか硬質なものが崩れるような音だけが聞こえる。小さな小石のようなものが触れ合っているのだろうか。石にしては、こもった響きが強すぎるような気もした。小さな、よく知っているなにかが、触れ合い、あるいは振られてたてる摩擦音。そうだ、貝殻かもしれない。

「ポー・クア・ホーグ。出口が近づいたわ。あなたがなにかに気づいたのであれば、闇の筒から飛び出すことができる。もうすぐそこよ。暈開《ユンカイ》の世界の縁に、ようこそ」

ウルのくぐもったこんな声とともに、ノアは長い闇の回廊から外へと飛び出した。心のひだが何重にも深く自分のなかに刻まれたような感触があった。これがユンカイ、という気分なのだろうか。白い砂だけがあたりに堆積《たいせき》していた。小高い砂丘が地平線まで続き、風紋が縞《しま》模様を描いて白砂の斜面を美しく飾っていた。太陽は見えないのに、淡い光があたりをあまねく照らしていた。アンラの花も、ウルの感触も、すっかり消えていた。ノアも重力の感覚を失ってふらふらと砂の中に倒れ込んだままだった。ポケットのなかのコリブリのお守りだけが、火傷《やけど》するほどの熱を発して彼の太ももの存在をノアに教えていた。

11

そして金星《ヴイナス》、
その巨大な水蒸気の下には
森が拡《ひろ》がっている……
――エルンスト・ブロッホ

モノの表面にほどこされたテクノロジーの浅薄な魔術にひたりきって過ごす日々が、わたしたちの日常をおおいつくしている。弛緩《しかん》した永遠のようにも思える日々のなかで、モノの表皮にだけ注目していれば、情報も画像も適度に受けとめて消費することができる。徹底的に平面的な情報メディアの表層をなぞるだけの行為をみごとに象徴するかのように、端末装置の小さな画面を指先で軽くスワイプし（掃い）たりタップし（軽くたたい）たりピンチした（つまんだ）りするだけでたいがいの操作はおわる。人間と世界との界面は、手元の集積回路の塊の表面に空いた小さな液晶窓のなかで完結している。ことばも、イメージも、身体も、すでにこの表層的な界面に幽閉されている。
その窓から、新しい情報テクノロジーによって媒介された「未知」の世界が「無限」に広がる！　人間が相互につながりあい発信しあう「夢」のようなコミュニケーションが開ける！　そんな紋切り型の呪文にいつのまにか人類はあっさりと我を忘れ、科学技術が市場原理と手を組んで提供する「便利さ」の神話に魂を譲りわたしてしまった。けれど、「未知」とはどれほど深い不思議を本来はらんでいたのか？　「無限」という概念への畏《おそ》れこそが人類を謙虚な智慧《ちえ》の世界につなぎ止めてきたのではなかったか？　共同体がいっせいに見る画一的な「夢」ほど危険なものはなかったのでは？　テクノロジー幻想と経済原理が投げかける呪文は言葉への感性を麻痺《まひ》させ、意味ですら薄っぺらな表面に囲い込まれて深みを失った。いやそもそも、こんな図式的で退屈な語り方しかできないところが、それ自体、わたしたちの文明を構成する事物のなしくずしの貧困化を物語っているのだといえるだろうか。

表層の夢にだけ踊らされているこの世界から消え去ったものは何だろう。それはひとことでいえば、事物の背後を想像するという感性である。見かけの表層のうらに、その外見を成り立たせている、はるかに複雑で豊かな現実を透かし見ようとする感覚である。迫りくる夕べの闇《やみ》のなかに、裏返しの薄明《はくめい》、すなわちその一日の誕生の瞬間であったみずみずしい夜明けの記憶を探り当てようとする感性である。絣《かすり》の生地の繊細な模様の背後に、糸を生み出す植物の結実や虫の蠢《うごめ》きを感じとり、それらの糸を染め、たんねんに織る皺《しわ》深い手の伝承を感知することである。川の流れの背後に雨を想い、机の背後にブナの大樹の幹を想い、夜の静寂《しじま》の背後に無数の地虫たちが地下世界であげる食餌《しょくじ》の音をさぐりだす耳の想像力である。

わたしは、そんなことを想いながら、こけおどしの表層だけがきらめく都会をうつむき加減に歩きつづけた。すると、白昼から発光ダイオードの無機的な照明にさらされた繁華街の片隅で、数十年の時の経過に取り残されたような小さな古書店を見つけた。そこには、昔の太陽光によってすっかり茶色に変色した紙でできた古い書物たちが整然とならべられていた。色褪《あ》せた一冊一冊の背表紙に、年輪のような時がたしかに刻まれている。書物の言葉たちは時間の澱《おり》を深く沈殿させながら、黄ばんだ紙の上でいまだに小刻みな舞踏をつづけているように見えた。天井からぶら下がる時代遅れの白熱電球の光がくっきりとした影をページのはざまに投げかける。活字ですら、刻印された時の圧力をまだ記憶するかのように、かすかな凹《くぼ》みの影を引きずっている。表層を破って一気に深みへと入ってゆくための、残された数少ない現実の入り口がここにある。

『未知への痕跡』、と題された一冊を抜き取ってわたしは読みはじめる。一九世紀末のドイツに生まれた高名な作家による不思議な印象を持った断章的エッセイ。そこでは、自伝的回想と未来への予兆とが一つのテクストのなかに同居していた。作家はこんな挿話を書きとめている。自分たちが、子ども時代にいちばんわくわくし、怖がったお話。それは、家の女中たちがひそひそ声で語る、真夜中にお化けが出てきて物置に積んである薪《まき》を投げあうのよ、という話だった。子どもたちはこの話を聞いて脅《おび》えたが、好奇心は抑えられず、翌朝になって物置の薪がもとどおりちゃんと積んであるかをたしかめにいく。薪が乱れていれば、それはお化けの実在を信じさせる証拠だったが、薪はきまって整然といつものように積まれていた。だが、だからこそ、子どもたちは興奮した。けっして姿を見せず、わずかな痕跡すら残さない、お化けたちのみごとな技に感嘆したのだ……。

わたしは読みながら小さくため息をつく。女中、物置、お化け、薪。この物語を構成する四つの大切な要素の、どれ一つとして、もはや実体を持ったリアルなものとしてわたしたちの住む世界には存在しないのだ。だがこうしたメルヘンの内実がいま空虚に見えるのは、時代の変容、家庭や家族形態の変化、燃料の進化といった要因だけに帰すことのできない、なにかもっと根底的な欠落によるものであるように思える。たとえば、薪というものは暖をとるためのたんなる燃料ではなかった。人間は、薪という物質の背後に、その原料である樹木の世界を透視し、樹々の精をかんじとり、それが燃えて揺らめく炎に精霊のあらわれを見てとった。薪を貯蔵する薄暗い物置や、薪が燃やされる暖炉や煙突は、家の内部と外部を結ぶ中間的な通路であり、精霊や妖怪はつねにこの通路を通って人間世界へとやってきた。家はそもそも、そうした超自然との連絡路をどこかに隠し持った実体であり、だからこそ、夜中にお化けが薪を投げ合う、という想像力がそれによって裏打ちされたのである。薪を暖炉やストーヴにくべれば、それは爆《は》ぜてパチパチと、あるいはシューシューといきおいよく音をたてた。それはまさに樹木の精のあげる声であり、お化けどもが遊んでたてる歓声の谺《こだま》のようでもあった。女中たちも、子どもたちも、この現実の裏側で響く魅惑的な声を聴くことができたのだ。

薪というものの背後に精霊を見ること。物置の暗闇の背後に不可視のアニマの舞踏を感じとること……。表層の神話によっておおいつくされた現代のわたしたちの本当の喪失は、古いものを生活スタイルの合理化によって失ったことではなく、物自体の背後に、モノのかたちを超えて存在するなにものかを想像する感覚を失ったことにある。朝の背後にある夜を、闇の背後にある光を、沈黙の陰で響く叫びを、そして生のなかで熟してゆく死を。それらを想像することを。

わたしはふたたび、記憶の南島へと旅した。薪も燃えず妖怪もいない都会の夜を離れ、みずみずしく成熟したほんとうの夜を求めて。南島には、そう、一日の胚種《はいしゅ》のような夜空があった。夜空の闇と星々とが、すでに翌朝の空と光をすべて胚胎《はいたい》しているのだった。夜は前の日の余韻を静かに奏でながら、すでに次の日の予兆を隠しようもなくはらんでいた。

　昔々、巨大なクレーターが宙から落下してみごとな円形の窪《くぼ》みが生まれ、そこに海の水が浸入して半円状の美しい砂浜ができたといわれるクレータービーチ。その海辺に素朴な宿をとったわたしは、ある夜、この浜辺でとてつもない星空に遭遇した。暗黒の空にうがたれた無数の光の穴。輝く星々の連なりはあまりにも豪華でまぶしく、夜空の黒を圧倒するほどの勢いで全天をおおい、ただひたすら命の明るさを燃焼させていた。乳白色の銀河がクレーターに似た半円状の天空をあざやかに横切り、その周囲をときどき流れ星がかすめていった。無音の空に音楽が響いた。「星はみな、乳のなかにまるで細かにうかんでいる脂油の球《たま》にもあたるのです……」。そんなふうに星空の背後を幻視したむかしの東北の詩人の声がふと耳にこだまする。彼もまた、銀河を鉄道に見立て、空と海と大地を一本の鉄路で結び合わせる想像力をもった稀有《けう》の幻視者《ヴイジヨナリー》＝予見者だった。

わたしは深夜の波打ちぎわに出て裸足《はだし》になり、砂の上に身を横たえた。まだなまあたたかさを残した亜熱帯の珊瑚《さんご》砂が、わたしの背中でちいさく動いていた。真っ暗闇のなかで敏感になった想像力が、わたしの傍らに、誰《だれ》かわからない、だがとても親密で柔らかい感触を持った一人の分身を置いていった。わたしはその存在を感じ、かすかにその身体に触れ、笑い声を掛け合い、冗談を言いあい、星の一つ一つのあまりの鮮やかさを褒めあった。都会生活がため込んだすべての嘆きや痛みは消え去り、わたしとその分身は、羽だけを持った真はだかの存在となって、砂と海と天空をむすんで鳥のように飛翔した。

東北の詩人は、大熊座《オソ・マヨール》の明るい星のなかに生えている青白い苹果《リンゴ》の木に向かって戦いを挑む、カラスの艦隊を闇の天空に想像したのだったが、いまやわたしたちこそ、そのカラスだった。天の川のなかには乳の流れが見えた。銀の一つ星である水星《マシリイ》のひらめきのなかに飛び込むように滑空した。不動の北極星の背後で、島のガジュマルの巨木が枝を揺らしていた。星の背後に、銀河の背後に、ゆたかにひろがる平行世界が、そのときたしかにわたしたちには見えるのだった。

天の群星《むりぶし》がほほえみ、流星が夜空を掃いていた。笑いの背後に沈黙が隠れ、歓喜の陰に奪われた夢があった。汀《なぎさ》に立つモクマオウの針のような葉から、妖精の吐息が聞こえた。満ちてくる海の波が、横たわるわたしたちの足もとに近づき、時間の砂を撹拌《かくはん》しながら足裏《あなうら》をしずかに洗っていった。

12

はじめに、言葉はなかった。

――武満徹

ざらざらざら

それだけがノアに聞こえるはっきりとした音だった。白い沙漠が地平線の彼方《かなた》までつづき、起伏のあるその圧倒的な広がりの気配が、世界の涯《は》てにたどり着いたような気分をさそうのだった。はるか遠くで静かに響いているうなりは砂丘を吹き過ぎる風だろうか。いっぽうで、貝殻を振り鳴らすようなざらざらざらというノイズは、風が低く静かにうなっている方角とは別の、地上とも地下ともつかぬどこか不思議な空気の層から、ノアの身体《からだ》をじかに震わせるように伝わってきていた。

空は灰色に曇り、太陽はどこにも見えなかった。けれど、白砂はひとつぶひとつぶの粒子が見分けられるほどに小さな煌《きら》めきを発し、多角形の結晶体のように輝いていて、目を細めずにはいられないほどまぶしかった。さっきまで泳ぐようにして抜けてきた細長いトンネルのなかで、すっかり闇《やみ》に眼が慣れてしまったせいもあるだろうか。眼のレンズは白い光にうまく焦点を合わせられないかのようにぶれ、くもるばかりだった。白過ぎるほど白い砂の沙漠の風景は、ノアの五官にとってあまりにも未知の世界であるように感じられた。あわい霧のなかで道に迷い、あたりの風景の輪郭が失われて、かすかな音だけを頼りに自分の位置を確かめているような、そんな不思議な感覚だった。

――ぐりーや　ぐりーや

砂の煌めきがそんな奇妙な声を発しはじめた。小高い丘の上に座り込んだまま、真っ白い砂のなかに少し手を差し入れてみると、にくにくとした雪のような冷たい感触がノアに伝わってきた。砂の結晶の隙間《すきま》からのんのんと湿った蒸気が湧《わ》き上がり、中空へと消えてゆくのがわかった。ざらざらざら、という音は、相変わらずノアの体内を震わせていたが、まるでその音にうながされるようにして、砂のにくにくや、蒸気ののんのんが生まれてきたかのようだった。ふと顔を上げると、起伏ある砂の地平線の彼方をおおう雲の縁が、ぺかぺかと音をたてて翻った。ノアには、あたりのものの動きがすべて、ある奇妙な擬音のくりかえしとして聞こえはじめたのだ。静かなのに音の響きに満ちた、不思議な世界だった。

ポケットのなかのコリブリのお守りが熱を発し、むろっと青い光線を放射しているように感じた。ノアはコリブリをとり出して紐《ひも》をつかんで宙にぶら下げてみた。ぐりんぐりんと勢いよく回転した虹色のハチドリは、やがてぴたっとある地点をさして止まった。砂丘の一点に、そこだけ小さな褐色の丸い小さな茂みが見えた。ノアはやわらかい砂に足を取られながらゆっくりと近づいていった。見慣れない、ボール状に枝を延ばした背の低い草の丸い一株がどしんとそこに生えていた。枯れかけた枝にはほろほろといくつもの星のような種子がついている。コリブリがふたたび青っぽい熱を発してぐりんぐりんと動いた。すると地面でポキンと大きな音がして、丸い草が根元から折れて転がった。直径一メートルほどのその枯れ草の球は、白い砂の斜面を風に煽《あお》られて回転しながらすーいすいとすばやく動き始めた。ノアはあわててその球についていった。やわらかい白い斜面を、褐色の草球はさらんさらんと滑るように回転してゆき、遅れまいとノアは懸命に走った。球は回転しながら、砂の上に自分の種をこぼしていった。こうやって自ら折れて風に吹かれながら放浪し、その回転の動きによってあたりに種子をまき散らすとは、なんと賢い草なのだろう。白い沙漠の上で、草の球とノアはあてどのない追いかけっこをつづけていった。

風紋の美しい砂の斜面にぽっかりとした窪《くぼ》みがあった。ついに草球はそこにすっぽりと収まって動きを止めた。枯れ枝にびっしりと張り付いていた星形の種は、すべてみごとに消えていた。息を切らしたノアは草球の傍《かたわ》らに横たわり、汗をぬぐった。ふと見ると、球のなかに一匹の蛇が鎌首をもたげてこちらを見ていた。いつのまに滑り込んだのだろう？　ノアは怪訝《けげん》そうに赤黒い模様の蛇の顔を見つめた。二股に分かれた舌をぺろりと出し、枯れ枝のなかにもぐり込んでゆっくりと身体を震わせたかと思うと、蛇の口から陽気な歌声が漏れ出てきた。ノアにはその歌はこんなふうに聞こえたのだった。

タルガの山々が

のっきのっきと立ちあがったよ
うるうると空に溶けこんだのは
セネカの森
メセシャベの川の源からは
野生林檎《りんご》の実がぽかぽかと流れてきます

羽蟻《はあり》がするするすると塚にのぼると
待ちかまえていたコメツキムシの幼虫が
むちゃむちゃむちゃっと食べちゃった
あたりはしーん
すすき野原はぎんがぎが

フクロウだけが唄《うた》ってる
のろづきえへん　ごぎのごぎのえへん
のろづきおほん　ごぎのごぎのおほん

ノアはあんまり歌の調べが面白いのでつい笑ってしまった。すると、蛇は怒ったように真っ赤になってしゅーしゅーと音をたてたかと思うと、パン、と破裂して小さな子どもの姿に変身した。眼をキロキロさせてこちらを向いたその子どもは、にっこりと微笑《ほほえ》んで、はっきりとした人間の言葉でこうしゃべりはじめた。

「ぼくはアトル。暈開《ユンカイ》の生き物たちを結んでいる命の流れのようなもの。コリブリのお守りを持っているんなら、きみがノアだね」

ノアはポケットのなかで青い光をかすかに放つコリブリの存在をふたたび思いだし、驚いて子どものいたずらっぽい瞳《ひとみ》をのぞきこんだ。なぜ知っているんだろう？　アトルはかまわずに続けた。

「きみは、〈回転草《タンブルウイード》〉のあとを追って、〈蛇穴《さらぎ》〉のありかへとたどり着いたんだ。蛇は渦巻く言葉の化身。ここが言葉が生まれた泉だよ。昔はこの辺り一帯は水に覆われていたのさ。いまでは、この蛇穴だけが、言葉の長い歴史を記憶している。さっき赤い蛇が唄っただろう？　あれは言葉の始まりの歌。世界が生まれたとき、言葉はまだなかったのさ。山にも森にも川にも、名前なんかついていなかった。ものの存在と人の心持ちは、言葉ではなくて、音の響きだけがつないでいたんだ。ざらざらざら、というきみも知っているあの音の響き。ものと人をつなぐ、とても古い音だよ。この暈開《ユンカイ》にやって来るときの暗く長いトンネルのなかで、この古い音を聞かなかった？」

ノアははっと思い出した。ざらざらざらという音がたしかに、あの驚くべきパノラマの絵巻の背後で、たえず低く鳴り続けていたことを。そしてざらざらざらという通奏低音が聞こえはじめたとき、たしかに彼はあるまじないの言葉を叫んだはずだった。

――ポー・クア・ホーグ……

ノアの口からは、無意識にそう言葉が漏れた。

アトルが嬉《うれ》しそうに応えた。

「そう、それだよ。ポー・クア・ホーグとは、暈開《ユンカイ》のずっと東のはずれに住んでいたナラガンセット族の言葉で貝殻のことなんだ。それはざらざらざらという貝殻が触れあう音を真似《まね》てつくった擬音だよ。この音をたてれば、たちどころに水の流れが生まれる。貝は水のなかで生きていたんだからね。水の流れとは人と世界の変転を生み出す原始の力なんだ。貝殻はだから、世界の歴史をみんな知っている、もっとも古い生き物の名残《なご》りだよ。この白い砂、何だかわかる？　これは水が干上がって細かく砕けた石膏《せっこう》の粒子なんだ。ここに

むかし大きな湖があった証拠だよ。この起伏、この砂の丘、なんだかいまでも波立つ湖のなかにいるような気がしないかい？」

アトルの語りは、素朴なようでいて奥深く、神話のようでいてときどき科学的でもあり、ついひきこまれてしまう不思議な魅力をもっていた。ノアは、この小さな子どもの言葉に、祖霊の森で別れたっきりのアコマ老人の語り口をふと思いだした。アコマ老人はいまごろどこでどうしているのだろう？

いつのまにか、太陽が雲間から出て、白い砂の斜面をいちだんと煌《きら》めかせた。光はうらうらと湧《わ》き出すようにノアの頰《ほお》にそのやわらかい手で触れていた。蛇穴からは、あいかわらずざらざらざらという低いうなりが静かに響き、ノアの身体をのんのんのんと震わせていた。

13

神は食べものを作り、
悪魔は料理人を作った。
――ジェイムズ・ジョイス

アイピンはトゥピナンバ国の民衆にとってかけがえのないものだった。その皺《しわ》のよった褐色の薄皮のなかにあるまっ白い果肉のきりりとした弾力を、人々はどれほど愛《いと》おしんだことだろう。これといった特徴のないその味からほんのりと湧《わ》きだすかすかな甘みは、人々の舌に、もう意識する必要すらないほど心のなかに深く沈んだ懐かしさの感覚を、いつもあたえてくれた。

アイピンは熱帯のやや乾燥した赤褐色間帯土壌《テーラ・ローシャ》にごくふつうに見られた。名前からはすばしっこい小さな獣かなにかを思わせるそれは、だが動物ではなく、トウダイグサ科の低木の、土中になかば埋まった根茎の呼び名である。キャッサバとかマニオク、あるいはマンジョーカとかいった名のほうがもう少し通りはいいかもしれない。種類はたいへん多く、それらは甘味種と苦味種に大別された。とくに苦味種のなかには、甘藷《かんしょ》のように紡錘形《ぼうすいけい》にふくれた根茎や皮にシアン化合物の毒素が含まれているものも多く、食用とするためには加熱したり洗ったりして毒抜きの処理がかかせなかった。それでも、枝か茎を手で折って土に挿しておけば二カ月もしないうちに根茎が育ち、それにはいかなる芋よりもデンプンが多く含まれているとあって、アイピンは素朴な民の主食としてとても重宝された。原産地は数千年前の南アメリカ大陸と考えられるが、その移植の容易さと汎用性《はんようせい》、その高い栄養価のため、アイピンは熱帯地方の主食として近代以降、世界じゅうに広く伝わっていった。

トゥピナンバ国の人々は、このアイピンをもっとも古くから、日々の糧としてながいあいだ食してきた民だった。アイピンという呼び名もまた、彼らのことばから生まれた。別名であるマンジョーカ、マニオク、マカシェイラ……。これらもまた、トゥピナンバのことばにおいて、この作物の微妙な種の変異を呼び分けてきた繊細な民俗分類と言語感覚の結果として定着したものである。同じ大陸の別の民はこの芋をユカと呼びならわした。メキシコの壮大なピラミッド文明を築いたアステカの民はカモートリと呼んで聖なる食物のひとつとしていた。広大な海を奴隷航路の逆向きに渡り、アフリカへと伝わったアイピンは、臼《うす》で挽《ひ》かれ湯とともに練り上げられて主食としてのフフ（ガーナ）となりウガリ（ケニア）となった。フィリピンの先住民族のあいだではバリンゴイと呼ばれてさまざまな料理に使われてきた。こうして調べていけば、きっとこの根菜の呼び名は世界の熱帯地帯にほとんど無限にあるだろう。

アイピン・フリット。トゥピナンバの末裔《まつえい》たちが常食としたもっとも素朴な料理である、揚げたアイピン。そのほのかに酸っぱく甘い真正なデンプンの香りを、わたしの舌もかすかに記憶している。赤っぽい色の岩塩か、あるいはニンニクとトウガラシで味をつけたオリーブオイルに浸してすばやく口に入れる。なんともいえぬ柔らかい口当たりとともにくずれ、かくされていた水分がみずみずしく舌の上にひろがる。果肉のなかに潜んでいた細長い繊維質の筋が舌の先にまるで楽器の弦のように触れたのち、静かに崩壊する。

ファリーニャ。この白い粉は、アイピンの根茎を細かく砕いて粉にしたのち、乾燥させたもの。このまま口に含み、唾液《だえき》で延ばしながら食べるだけでじつに淡泊で懐かしい味に包まれるが、煮豆料理にまぶして食べると、豆の煮汁とのあいだに絶妙の相性をつくりだす。さらにこの白い粉を塩とバター、さらにタマネギのみじん切りなどと合わせて炒めたものがファローファ。岩塩だけの味付けで粗っぽく焼いた牛肉の付け合わせにすると最高だ。

人々の主食をめぐる創造的な機知はとどまるところを知らなかった。主食はさまざまに応用され、副産物を産み出していった。たとえばアイピンをすり下ろして搾った汁に熱を加えて毒素を抜き、これを醗酵させたスープがトゥクピー。作り手によって千差万別の味となり、また同じ人でもつくるときの微妙な条件や素材の違いによってじつに深い味加減を生み出す神秘のスープ。これにエビやトウガラシ、土地に自生するジャンブーと呼ばれるキク科の植物の葉などを入れてドロリと煮込んだスープがタカカー。ピリピリと舌を刺戟《しげき》するジャンブーの葉を小枝の先で引っかけながら祖先の民はこの深い味わいのスープをハレの日などに飲んでいたのだろうか？

　食後のデザートにはタピオカが待っている。アイピンの根茎から作った緻密なデンプン粉であるタピオカ。これもまたトゥピナンバのことばが起源だった。この粉を水で溶き、砂糖を加えてから、鉄板に薄く延ばして焼き、そのうえにバターをほどよく垂らす。クレープのようにくるくるっと丸めて口に入れると、そのきめ細かくモチモチとしたデンプンの食感が口蓋にひろがる。簡潔なのに奥深く、懐かしい味とともに甘さの精霊が咽《のど》のなかでよろこびとともに踊る。わたしの舌もまた、この快楽をどこかでかすかに覚えていた。

南アメリカ先住民によって作られた最初の酒もまた、アイピンを原料とする発酵酒だった。この発酵酒はカウインという。一六世紀なかば、フランス人のカルヴァン派牧師ジャン・ド・レリーはのちにリオデジャネイロとなる未開拓の入り江に一年ほどを過ごし、はじめてトゥピナンバの民の生活を西欧人に克明に伝えたが、このレリーの滞在記のなかにカウインの作り方に関する詳細な報告がある。「未開人がパンの代わりに食用に供する粉の原料となる太い根菜や大粒の栗について、ならびに彼らがカウインと呼ぶ飲み物について」という長い表題のついた章で、レリーは先住民たちが、とりわけそのなかの女性たちがアイピンから酒を製造する過程を驚きをもって記している。

白い根菜はまず薄切りにされ、素焼きの釜でグッグッと煮られる。柔らかくなった頃合いを見て火から下ろし、熱を冷ましたのち、女たちは柔らかくなった輪切りのアイピンをつかみ出して口に入れ、とっくりとかみ砕く。こうして唾液の効果で粘り気を増したものをふたたび口から吐きだし、別の土釜に移してまた熱湯でじっくりと煮込んでゆくのである。たえず棒でかき回し、火加減を見ながら何度か別の素焼きの容器に移し、泡立ちを見て女たちは火を止め、上から覆いをかぶせて数日間そのまま置いておく。やがて、澱《おり》のように濁ってどろりとし、饐《す》えた牛乳のような味がするカウインができあがる。男たちは、その製造過程に、自分たちの唾液が決して混ざり込んでいないことを誇りとし、ひたすらこの酒を飲んで陽気に騒ぐ役割だけを全うすることに集中する。だがもちろん、作り手の女たちも醸造と酒倉係に満足しているわけではない。レリーは、男たちが泥酔乱飲している陰で、女たちが南瓜《かぼちゃ》の椀《わん》になみなみとカウインをつぎ、堂々と回し飲みしている様子を伝えている。バッコスの酒宴は、羽飾りをつけて踊り歌う勇壮な男たちと、それとは別に、知恵深い女たちだけでいとなまれるダンスの輪との、見事なコントラストのなかで行われたのだった。

アイピンのような主食をめぐる食文化の消息は、「男と女」というような社会の根幹に存在する二項対立の構造を繊細に反映している。生のもの、煮たもの、蒸したもの、焼いたもの、醗酵したもの……。そうした状態のすべてに意味があり、それが人間の日常生活のある深遠な条件を暗に語っている。人間が自分自身について考える、たいせつな手がかりを提供している。だから、食べものは栄養補給のためのたんなる消費物ではなく、それじたい、人間の思考が投影される媒体であった。

トゥピナンバの民と遠い祖先を共有する別の民の神話では、アイピンは人々を悪魔から守る精霊でもあった。こんな神話がある。あるところに「彗星《すいせい》」という名をもった男がいた。妻や息子に愛想をつかされて絶望した彼はジャングルを放浪していた。ある日、真っ暗な穴のなかに落ち込んだ男は、悪魔によって内臓をひきずりだされ、その内臓を食べられてしまう。男はなんとか逃げ出し、自分の身体《からだ》が空っぽの袋のように皮膚だけになったことなど気づかずに疲れ果てて家に帰る。妻が彼にチチャの入った椀を差し出したので飲み干すと、チチャの液体は彼の身体をそのまま抜けてしまった。ようやく男は自分が空っぽの皮の袋にすぎないことを知り、悲しみ、怒りにふるえた。男の怒りとともに雨が降り出し、悪魔が森に出てきて踊りはじめた。妻は驚いて山に逃げた。男は怒り、声を張り上げてアイピンの畑にむかって妻の居所《いどころ》を訊《たず》ねた。だがアイピンは答えなかった。男はアイピンの根茎をわしづかみにして引き抜いた。鉈《なた》で切り裂き、足で踏みにじった。だが、アイピンはけっして妻の居所を教えなかった。怒った男の尻《しり》から炎が吹き、悪魔になった彼は空に上っていった。男の顔も見えなくなり、やがて空には尻に付けた筒から炎をあげる袋のようなものだけが飛んでいるのが見えた。

流れ星の起源を語るかに見えるこの神話で、アイピンは人間の女を悪魔から守っている。これもまた、アイピンから酒を造ることのできる特権が女たちだけに独占されていたという深遠な事実を、どこかで反映した神話なのだろうか。

わたしはアイピンの物語が書かれた書物を閉じる。摩滅しかけた黒い革表紙がＬＥＤ照明の青白い光を鈍く反射させている。古い本のカビのような匂《にお》いから離れて、株価の暴落を伝える液晶画面のニュースに向き合う。アイピンをめぐる懐しく味わい深い世界は遠くへ去った。「もうアイピンは失われた。いまあるのは、アイマック、アイパッド、アイチューンズ、アイフォン……」。南アメリカに住むトゥピナンバの民の末裔たちが、わたしとともに笑いながら嘆息しているこんな声が脳裏に響いた。わたしもまたアイピンの精と手を取りあって、コメやトウモロコシや小麦の慎ましい精霊たちが人間の舌のうえで優雅に踊っていた幻影を、むなしくまさぐるだけだった。

14

海はあらゆる川の茂みなのである。
——ミゲル＝アンヘル・アストゥリアス

アトルが生まれたのは、白砂の沙漠からずっと南へ、流れる雲に乗っても何日もかかる荒々しい火山のふもとだった。そこは一面を溶岩におおわれた広い高原で、この世でもっとも透明な空気にみたされた地帯だった。ながい時間のあいだに、高原をとりかこむ火山群は幾度も火を吹いた。そのたびにあたりに灰が深く降りつもり、角張った礫《こいし》が飛びちり、どろどろとした溶岩が流れ出て大地をおおいつくした。雨が降りつづくうちに、冷えて固まった溶岩の肌に無数の穴があき、水は高原の地下を複雑な流れとなって縦横にかけめぐった。やがて灰も火の粉も遠い昔のこととなり、透明な空気の大地に清冽《せいれつ》な水の音がいつも響きわたった。

ミネラルを多く含んだ水は大地をめぐりめぐった。シダ類やソテツの仲間がその水を命の源として繁茂《はんも》した。植物がはぐくんだ腐葉土《ふようど》が菌類《きんるい》や蚯蚓《みみず》たちを育て、蝉《せみ》や黄金虫《こがねむし》の幼虫がうごめく豊かな揺り籠《かご》となった。流れる水はところどころ泉か噴水のように地下から吹き出し、溶岩質の地層のはざまに黒土《くろつち》のひろがる楽園を創りあげていった。果実がみのり、またたくまに熟し、その醗酵《はっこう》した香りに引き寄せられるようにハチドリやコンゴウインコ、ホウカンチョウがやってきた。やがて高原は常緑広葉樹に満たされ、木々の根元には無数の地衣類がはびこった。多雨林となった森は降雨の水がめとなり、雨は霧となって高原一帯に向けて深い息をつき、水蒸気は輪廻《りんね》の輪のなかに入って川と大地と植物とを媒介した。

水が創り出す生命の輪。それが完成したとき、アトルは生まれた。溶岩台地の、オリーヴ色の橄欖石《かんらんせき》のはざまに穿《うが》たれた小さな泉。それがアトルの出生地だった。透明な流れがこんこんと湧《わ》きあがる、透きとおった堅固な水の精として、アトルはこの世に生を受けた。まだ言葉も、感情も、喜びも痛みもない世界だった。

アトルに与えられた使命は、すべてのものに浸透することだった。岩や大地の隙間《すきま》に、木々の葉脈のなかに、トンボや蜻蛉《かげろう》の胴のなかに、鳥や獣の臓器や筋肉のなかに。蝶《ちょう》の翅脈《しみゃく》のなかに入り込んだとき、アトルは機知によって、蝶を記憶の化身ムネモシュネに変えた。記憶が、水のように流れながら浸透する力を持ったのはそのためである。

岩山を徘徊《はいかい》するコヨーテの心臓へと忍び込んだとき、アトルははじめて、獣の遠吠《とおぼ》えがはこんでくる夜の匂《にお》いに触れて陶然《とうぜん》とする気分を味わった。松の木の樹脂コパルのなかで彼が身震いすることを覚えた日、熱帯の太陽はコパルを火のように熱く焦がして芳《かんば》しい煙をたてた。アトルが有機物の死骸で腐敗しかけた泥のなかに忍び込んだとき、生温かい妖《よう》気《き》が霊のように体を通りすぎてゆくのを彼は知った。滝となって飛び降りるとき、はじめて恐怖というものを理解した。雲の塊に吸い込まれるとき、いわれのない勇気が体内にみなぎるのを感じた。雨となって森に降り注ぐとき、喜びの涙を流した。小さな蜻蛉《かげろう》の口の先で運ばれて、巴旦杏《はたんきょう》の薄紅色の花弁に触れたとき、いままで知らなかった哀《かな》しみの感情に襲われた。どれもがはじめての鮮烈な感覚だった。アトルは自ら物へと浸透することで、事物のなかに封じられていた感情を外の世界へと伝えるはじめての使者となった。

川の流れのなかに飛び込むとき、アトルの歓喜の感情はもっともはげしく高まった。そこには躍動する音があふれていたからである。

――ポプシク　ポプシク　ポポラカ　タッタウ

川の飛沫《ひまつ》はそんなふうに鳴りながら透明な滴をあたりに飛び散らした。

――ツイツイツイ　ピシャルン　ピシャロン

森のなかを蛇行しながら駆けくだってゆくとき、木々の頑丈な根っこに触れた流れは躍り上がるようにこう歌った。

――ゴーボ　ゴーボ　パルティシュ　パルタシュ

これは淡い緑色の石に空いた小さな亀裂に、水が吸い込まれるときの叫びだった。天に昇る蛇の文様にも見える不思議な筋が縦に走る緑色の蛇紋岩《じゃもんがん》の傍らでことばが今にも生まれようとしていた。

濡れるという意味の「パルティヤー」ということばが、この蛇紋岩へと吸い込まれる水流の音パルティシュから生まれていった。ことばと元素のあげる音のあいだには何の断絶もなく、物はことばであり、ことばは物であった。アトルがそれを誰《だれ》よりもよく理解していた。

アトルは、水の精として、水にかかわるどんな場所にもいた。そのことはつまり、水にかかわることばの一つの起源に、アトルがなったということでもあった。アトルはこうして自分の名を、さまざまな地形に刻んでいった。たとえばこんなふうにである。

アトラッコ　谷川
アトラコモッリ　泉
アトラウイトル　険しい渓谷
アトラペシュトリ　谷の斜面
アトリスコ　湖の水面

ことばのなかった世界に、ことばの種が地名として植えつけられた。水のめぐる土地土地が、音と音を結びながら、ことばを生み出す鎖のような帯となってあたりに広がった。その帯の先端で、あるとき人間が誕生した。アトルの精がついに人間を誕生させたとき、最初の人間は「アトラカトル」（＝水でできた人間）と呼ばれた。アトルは、人間の唇を巴旦杏《はたんきょう》の花弁に浸した水でそっとぬらした。人間の心臓に、ジャガーの血から盗み取った勇気の水滴を注入した。堅い木の幹に忍び込んで、人間の両脚にトネリコの硬質の芯を骨として移植した。最初の人間は、こうして水の子どもとなった。アトルは子どもたちの朗《ほが》らかな成長を、いつも川の流れのなかで踊り歌いながら見つめていた。

オリーヴ色の橄欖石の傍らの泉でアトルが生まれたあのはじまりの日、もうひとりの分身のような妹が生まれていた。アトルと瓜《うり》二つのその妹は、アトルに知られぬままに、ただちに水流をくだりはじめた。彼女にあたえられた唯一の本能は、低い方角に向かって、ただひたすら流れを駆けくだることだった。溶岩のはざまを通りすぎ、玄武岩の谷間を駆け抜け、火山高原を一気に流れくだり、密林に突っ込んで蛇行しながらたゆたい、迷いながら低地へ低地へと彼女はくだっていった。高原の透明な空気は、いつのまにか密林の精気をふくんだ濃密な霧のようなものへと変わり、夜と昼が幾度も交替した。星は巡り、月は満ち欠け、やがて流れる彼女の水面を打つ日差しはギラギラとした凶暴さを増した。

あるとき彼女は不思議な匂いを感じた。樹木や岩石がけっして発散することのない、生臭く湿った香りである。その匂いは流れくだるほどにどんどん強くなり、やがてもうこれ以上低い場所がない、と彼女が確信して止まったとき、あたりにあふれ出るように噴出した。一方向に流れていた川の動きは消え、水の味が変わり、不思議なリズムによって刻まれた規則的な波が、彼女を押したり引いたりしていた。彼女は蘇生し、立ちあがった。海だ。

このとき、ウルがウルとして誕生した。青黒い砂糖のような味のする淡水から、長い道のりを経て、ついにエメラルド色の塩水にみたされた海へ。ウルは、海の精として自分を発見することで、命のなかに水の長い旅の運動そのものを刻み込んでいた。だからウルは旅をする命の別名でもあった。重力を受け止めながら世界へと浸透してゆく命のことでもあった。海に流れ出て、上昇気流を産み、雲から雨を降らせて水の循環を完成させる者、すなわち命を再生する命でもあった。

ウルは、そのような力をもとに、海を再生する生命で満たした。不思議な生臭い匂いのもとであった藻や海藻や珊瑚《さんご》や魚たちに生々流転の生命力を注ぎ込んだ。海という場所が、命が別の命とつながりあうことによって自分を再生しつづける場所となったのは、ウルのおかげである。彼女に与えられた使命、それは、アトルと同じようにすべてのものに浸透することであったが、さらに彼女には、万物の命に旅と再生の力を注ぎ込むことが加えられた。

こうしてウルはワタツミの王者を創った。数トンにもなる巨体で海原を自在に遊泳し、微細《びさい》なセンサーで森羅万象《しんらばんしょう》を解読し、危険には警戒の信号を送り、美しいものの発見にた

いしては歓喜の歌を歌う、この世でもっとも巨大な哺乳類《ほにゆうるい》の仲間たちである。ウルはそのワタツミの王者の一つ、ザトウクジラのなかに住みついた。ときどきマッコウクジラの腸にある結石のなかに入り込んで、その霊妙な芳香の起源となったりした。クジラたちが生きるすべての海原《うなばら》、もっとも豊かな海であるワタツミが彼女のすみかとなった。

ウルの最後の創造物、それがアトラホカトルである。そう、音は似ていても、アトルが陸上で創ったあのアトラカトル（＝「水でできた人間」）たちとは少し違う、「水に棲《す》む人間」である。それは、姿は小さかったが、ワタツミの王者たちとほとんど同じ力によって産み出された。水に棲み、水の豊かさを知り、水を敬《うやま》い、水の力を生産のために借り受け、水の恵みをありがたく受け取る者たちである。アトラホカトル。やがてそれは漁師となった。海の人間の、原初のかたちだった。

漁師たちはときどき不思議な夢を見るのだった。蛇の文様のある、オリーヴ色の石の夢である。ウルにさえ、その夢の景色がどこなのかわからなかった。この夢が、海の無意識となった。

15

「いまこのときに〝新しい話を〟
なんていう者は、もう過去の人間です」
そうノアは言った。
「なぜなら、新しい話を期待したり、
新しいことを計画したりできる時は、
もう過ぎ去ろうとしているからです」
――ギュンター・アンダース

そろそろ、方舟《はこぶね》を造っているはずのあの人を探さねばならない。そう思った。

どこかの山の麓《ふもと》に住み、森に分け入ってふさわしい樹を選び、斧《おの》で切り倒し、里へ曳《ひ》きだして乾燥させ、いまにも大きな舟を建造しようとしているだろう、あの透明な目をした人を。静かな情熱をもって人々に現実の深い道理を説き、過去を教え、未来へ導こうとするあの慎ましい瞳《ひとみ》を。ともに嘆き、ともに悲しもうとする、あの淋《さび》しそうな痩《や》せた背中を。鉋《かんな》で削り、槌《つち》で叩《たた》き、方舟を組みあげているであろう、あの華奢《きやしや》な腕と血のにじんだ指先をもつ男を。

わたしが彼の存在に気づいたのはいつごろからだったろうか。ずいぶん昔、この大都会の薄暗い空から突然激しい雨が降り続くようになり、捌《は》け口をうしなった水が道路にあふれ、それを押し流すように凶暴な大風がビルのすきまを絶えまなく吹き過ぎてやまなくなった、あの奇妙な夏ごろのことだったろうか。それとも、列島に深い入り江を刻みながら北へと伸びる長く豊かな緑の海岸線めがけて巨大な潮の波が襲いかかり、町と人々の生活を一網打尽に破壊していった、あの悲しい春の直後のことだったろうか。もう記憶はおぼろげだ。けれど、世の中の空気がどこかささくれ立ち、禍々《まがまが》しくなったあのころ、その張りつめた空気を切り裂くようにして不意にやって来たあの人の静かな存在感がわたしに与えた強烈な印象は、いまだに頭の芯《しん》に深く刻まれている。皆が忘れているのであれば、わたしが思いださねばならない。彼のことを。

ともかく、あるときから人々は彼の姿をときどき見かけるようになった。粗末な衣服を身にまとい、頭から灰をかぶって現われたその人は都会では異様な浮浪者のように見えた。みな口々に噂《うわさ》した。あの格好は、誰《だれ》か近しい人、きっと子供か妻を亡くした人の格好だ。昔そんなしきたりがあったと曾《ひい》じいさんに聞いたことがある。もうほとんど誰も覚えていないがね。でも、いったい誰が死んだというのだろう。人々が怪訝《けげん》に思って彼に訊《たず》ねると、その人は鋭い目をして答えた。死んだのはあなたたちだ、と。冗談だと思った人々がさらに、ではいつわたしたちが死んだというのか、と訊《き》くと、その人は、あすだ、と答えた。あす、洪水がすべてをなかったものにしてしまうだろう。わたしはあすの死者を今日悼むためにやって来た。あさってになれば、もうすべては取り返しのつかないことになってしまうのだから……。

こんなやり取りの後、人々は彼の言うことを真に受けなくなった。狂人か、預言者きどりの誇大妄想家。みすぼらしい格好も、まさにそれを裏付けているようだった。もう誰も彼に見向きもしなくなった。彼が人々に、あすにも襲ってくる洪水のことをどれほど切迫した口調で告げようとも、誰も信じはしなかった。笑い飛ばし、それでも立ち去らないと、終《しま》いには石を投げつけて追い払った。子供たちまで、石つぶての標的にした。顔を血だらけにして、彼はトボトボと家に帰っていくほかはなかった。

それ以来、彼の姿をあまり見なくなった。洪水の予言のことも、人々はすっかり忘れてしまった。人々は延々と道をつくり、ビルを建て、橋を架け、トンネルを掘った。電線をつなぎ、電子信号のケーブルを通し、電波を方々に飛ばした。美しいものであるか醜いものであるかも問わず、ただ売れさえすればモノを造りつづけ、目先を変えてまた同じようなモノを造ってはひたすら売りつづけた。そんなあいだにも、幾度も洪水や地震は襲ってきた。事故も戦争の悲劇も繰り返された。にもかかわらず、誰もみすぼらしいノアのことは思いださなかった。思いだしたかも知れない人々は、洪水や戦争に呑み込まれて死んでしまったからだった。生き残っている者たちは、文明の進歩が災禍《さいか》をかならず克服し、明るい未来が開けてゆくと信じつづけた。失敗や破壊は、復興と発展のための通過点でしかなかった。ノアの予言が知らぬまに成就していることなど、人々には思いも及ばぬことだった。

取り返しのつかないあすは、すでにとっくの昔に来てしまったのかも知れない。それに無自覚なまま生きているわたしたちは、ほんとうに生きていると言えるのだろうか？説明のつかない、いまの欠落感にふと気づくとき、わたしはそう問いかけざるをえない。

わたしたちがこの現在を生きるということが、つねに、大洪水の前の時を生きることなのだ、という深い直感を人類はいつからか失ってしまった。大洪水の前を生きるという自覚は、かならずしも、未来の危険を先取りして怖れ、その到来に脅《おび》えながら生きることではない。災厄《さいやく》への危機感に汲々《きゅうきゅう》としながら形式的な予防のために高い壁や深い堀をつくり、そのまま日常の惰性のなかでそれを忘れてしまうことでもない。予防という感性は、災禍は起こらないとどこかで楽観すること、すなわち倫理的な思考停止状態になることであり、それはそのまま、ボロをまとったノアの予言を否定することに等しい。

悲しい目をしたノアに学ぶとは、こういうことだ。災禍は、いつかかならずやって来るという覚醒した意識をもち、いまがその時であれば、人間はいかなる行動をとるべきかをつねに考えておくこと。人間にとっての最終的な災禍とは外部から突然やって来るものではなく、人間みずからがおのれの破局を文明によって招いているかもしれないという可能性にたえず心を開いておくこと。未来の突然の災厄に身構えるのではなく、いまの自らの日常の行動をこそ律すること。永遠を望まず、自分の、そして森羅万象の死と、死ゆえの再生可能性を信じること。

何かほんとうに大事なことをはじめるとき、わたしたちはそれが方舟を造ることと平行した行為である可能性に目覚めていなければならない。方舟を造るべきときに、洪水のことなどまったく信じず、自分の新しい家を建てようとしていた髭《ひげ》の男の話をノアがしていたのをわたしは思いだした。こんな物語だ。洪水まであとわずかに迫ったとき、ノアの目には、もはやすべての木に死の相が現れているのが見えた。そんなとき、小さな森の中で、鼻歌まじりで斧をふるう音が聞こえた。びっくりしてノアが行ってみると、髭の男が一人、自分の家を建てるために木を切っていた。ノアは驚いて、あなたの家を建てるつもりなのか、と聞いた。髭の男は、そうだと答えた。俺《おれ》は新しい家族をもち、新しい家に住み、新しい車で新しい職場に通うのだから、もうあなたの洪水の話につきあっている暇はないのだ、と。ノアは、すでに死相があらわれた木を伐《き》って新しい家を建てようとする髭の男の行動が理解できなかった。

いつも洪水の話ばかりじゃ、面白くも何ともない。男はそう言って、もっとなんか面白い、新しい話はないのか、とノアに詰め寄った。ノアは驚いて答えた。こんなときに、「新しい話」などと言う人は昔の人だけです。新しいということは、きのういちばん新しかったものが、きょうになっても依然としてその新しさを失わない場合を指して言うからです。はたしてあすの日に、およそ新しいものなどということが許されるとお思いですか。あすがもうないときに、新しいことに何の意味があるというのですか。

なるほど、あんたが言う「新しい話」がそんなことなら、こちとらには聞く耳はないね。そう言って、髭の男は材木に斧をふりつづけた。新しい家を造るために。新しい家族の楽園を打ち立てるために……。

ノアは旧約聖書にだけ登場する形象ではなく、あらゆる土地、あらゆる部族のなかにいるのではないだろうか。人類に迫る大洪水を、たんなる悲劇的運命としてではなく、いまを生きるための、もっとも真摯《しんし》な心持ちの基盤として、たえず呼び出そうと努力する人。彼を探さねば。

　トゥピナンバ族の末裔《まつえい》たちが、アフリカからやって来た黒い人々と交わり、要塞《フォルタレーザ》と名づけられた町はずれに点々と漁村をつくって暮らしはじめたのは、もう幾世紀も前のことになる。濃紺の海は魚と貝の宝庫だった。筏《いかだ》のように木材を組んだ小さな帆かけ舟は、漁民である彼らが海を自在に航行するための不可欠の道具だった。いや道具というより、彼らの足、彼らの目、彼らの心と魂のすべてだった。そして褐色の男たちは、海辺に生える木々からこの舟を造る、真の職人たちだった。

　素材はバルサ材。バルサは熱帯アメリカ原産のパンヤ科の常緑高木で、ぐんぐんのびて白褐色の綿のような実をつける逞《たくま》しい樹だ。その柔らかい幹からとれる材は、木目が粗く比重がきわめて軽いため、筏や救命具には最適だった。フォルタレーザの漁民たちはパンヤの幹を伐り、皮を剥《は》ぎ、たんねんに鉋をかけ、細長く薄い板状にこれを成形していった。

五、六枚ほどの板を横に並べ、植物繊維でできた縄で堅く括《くく》りつけて筏を造るのだ。筏の中央に、やはりパンヤの木からつくった柱を立て、布で帆をかける。この小さな筏舟はジャンガーダと呼ばれ、彼らはこれを巧みに操ってどれほど荒々しい風の日でもものともせずに海へと出てゆく勇敢な漁民となった。荒海には危ういほどの小さな舟が、彼らを時に数千キロの遠洋航海に連れだすこともあった。彼らが持ち帰る海の幸は、この舟を造りつづける彼らの生活そのものの充満にたいする、神の恩寵《おんちょう》だった。海での死者が出れば、彼らは丁寧に、心を込めて天にむけて死者を葬送した。

フォルタレーザの漁民もまた、彼らの方舟を造っていたのだ。それは、大洪水から逃れるための脱出の方舟そのものではなかったかもしれない。けれど、誰もが大洪水の前を生きているのだという繊細な直感は、漁民たちのつつましい日常をたえず律していた。奢《おご》ることもなく、自然に刃向かうこともなく、人々の日々の憂いを受け止めて、日焼けしたノアたちはいまもジャンガーダの方舟を造りつづけている。パンヤの木の軽い材が人間を水面に浮上させ、見はるかす海原の先にある淡い希望に染まる陸地を、決して見失うことがないように。

16

ナンタケット人は、夜がくると、
陸影のない海に帆をたたみ、眠りにつく。
その枕の下では、セイウチと鯨が群をなして乱舞している。
――ハーマン・メルヴィル

風に転がる枯れ草の丸い球を追いながら、ノアは暈開《ユンカイ》の荒野を、時を忘れて彷徨《さまよ》っていた。自分はいったいどこで、何をしているのだろう？　家を出て、アコマ老人といっしょに祖霊の森へ入っていってから、どれほどの時間が経《た》ってしまったのだろう？　なぜこんな旅をすることになったのか？　いくつもの問いがつぎつぎと頭をよぎったが、ノアにはどんな答えもなかった。

いまは、身体《からだ》がなんだかとても軽く感じられた。住んでいる家とか町とかにつなぎ止められていたときの身体が、日常の重みから解放され、気まぐれな風に乗ってここまで自由に流されてきたような感覚だ。たしかにノアは、あたりに生じる不思議な出来事や物の出現に誘われるままに、誰《だれ》にも旅立ちを告げることなく、たった一人はるか遠くまで来てしまった。でもそれは身勝手な放浪とはちがう。むしろ自分の意思によるというよりは、なにか自分の存在を超える強い力によってうながされた、使命としての旅のような気がするのだった。以前、アコマ老人に、この世が始まった聖地である青い光の洞窟を求めて旅する白衣の巡礼者たちの話を聞いたことがあった。どこの人たちの話だったかもう忘れてしまったが、ノアは、そんな巡礼者の姿といまの自分を重ね合わせていることにふと気がついた。どこかまだ知らされていない目的の場所を求めて歩く魂の巡礼。そんな特別な旅の気配を、彼はしだいに感じるようになっていたのである。

たしかに、海からワタツミの王者が浜に寄りついたときのあの荘厳な姿を見た日以来、すべての出来事は、ノアがいままでに経験したどんなものともちがっていた。微《かす》かな声や動きによって、石や蝶《ちょう》や草花が彼に何かを伝えようとしはじめた。小さな精霊や妖精のような存在が不意に現われ、彼をどこかに導こうとした。トンネルや薄暗い穴が目の前に出現し、身体が溶けてしまうような感触とともに、その中に自分がずんずんと分け入ってゆくのだった。移動のなかで見るもの、聞くもののすべてが、それまでノアが持っていた感情からは表現できないものだった。美しさと醜さとが、喜びと恐怖とが、そこには同居していた。触れる空気は熱いようで冷たく、強烈な日差しと沈鬱《ちんうつ》な曇天がまたたくまに交替した。けれどさらに不思議なのは、そうした出来事をノアがとても自然に感じられる、ということだった。歩き、流され、飛ぶうちに、ノアの意識も感覚もすっかり自由になっていた。

そしてたどり着いた、静かなのに賑《にぎ》やかな音にあふれた不思議な白い荒野。風に飛ばされて回転する草球を追って進むうちに、何時間が、いや何日が過ぎたのだろう。ひたすら歩くうちに、やがてノアは白砂でおおわれていたはずの沙漠がだんだんと黄褐色の土の平原に変わり、地平線にぽつぽつと赤い岩山や緑の森の影が浮かびはじめるのに気づいた。森の陰には小さな美しい湖が広がっていた。草原を小さく俊敏な獣が群れをつくって横切るのが見えた。大型の鼠のような形をした褐色のすばしこい獣だった。

「モトットリがきみを歓迎しているみたいだね」

聞き覚えのある、少し甲高い声が草球のなかから聞こえた。球のなかに絡まったまま回転していあの赤黒い蛇、つまりアトルとかいう精霊がにこにこしながら声をあげたのだった。

「モトットリが跳ね回っているのは雨がやって来る前兆だよ。どこか雨をしのげるところにしばらく隠れていようか」

アトルは二股に分かれた舌をぺろぺろ出しながらこう言って、草球とともにコロコロと谷間に広がる森のほうへと転がっていった。ノアがついてゆくと、森の中に大きな岩がどしんと座り込み、その陰にちょうどいい具合に庇《ひさし》の出た石灰岩の岩屋があった。蛇はいつのまにかあのいたずらっぽい顔をした子どもの姿になっていた。予言どおり、空が一気に暗くなり、雷鳴とともに大粒の雨が降りだした。岩屋に座り込んだノアに、アトルが話しかけた。

「この半洞窟はとても古い遺跡だよ。むかしむかし、はじめの人間たちがここで火をおこし、生活していた痕跡《こんせき》がまだ地中に残っているんだ。大きな岩とこの上に立つ巨大なアッシュの樹は、この場所が重要な祈りの場所だったことも物語っているね」

これがむかしの聖地なのか、とノアは直感した。岩屋の天井から垂れ下がる鍾乳石《しょうにゅうせき》のような石灰のつららが、いまもなお成長しているかのように、キラキラと光りながら水滴を垂らしていた。以前、アコマ老人からきいた教えのなかに、鍾乳洞の石柱の長さから時間を測る方法があった。たしか、天井から落ちる水の中に含まれるカルサイトの結晶が次第に盛り上がっていき、成長して鍾乳石の柱をつくるのだったが、雨の少ない平原などでは、一センチ伸びるのに五〇〇年はかかるという話だった。そうだとすれば、ノアの目の前にあるこの一メートルほどの石柱は、成長するまでの五万年の時間を封じ込めていることになる。

「五万年前の人間の祈りの声を、きみは知っているの?」

ノアがこう訊ねると、アトルはびっくりして嬉《うれ》しそうに反応した。

「きみはやっぱり暈開《ユンカイ》に誘い出された者だけのことはあるね。五万年、というこの洞窟の歴史がきみには直感的に分かるんだ。そう、その祈りの声を、きっといまにきみも聞くことになるよ。ここではない場所でね。そのためには、まず暈開の平原を、ずっと向こう側、太陽の昇る東のはずれまで横断してゆかなければならないよ」

岩屋の天井を叩く雨音がすこし静かになった頃《ころ》、アトルがユンカイという言葉の意味を教えてくれた。ユンカイのユンとは、太陽や月の周囲に淡く現われる光の輪、つまり「かさ」のことで「ぼかす」ことを意味している。カイは「ひらく」こと。ここから転じてユンカイとは、黒い墨を水でゆっくりと延ばしていくという意味になった。それは、黒でもなく白でもない、中間的な色や形や状態を指す、古い古い言葉なのだった。人間は、いつのまにか、すべての物質や状態を、一つの固定的な姿としてとらえ、一つの固定的な意味のなかで了解するくせを身につけてしまった。けれども、世界がはじまったとき、モノにも出来事にも、固定的な姿も意味もなかった。すべては、白とも黒ともつかない中間的なものとしてぼんやりと揺れ、震えていた。むしろ、世界の根源にはこの不透明な揺らぎがあり、すべての生命はこの揺らぎのなかにほんとうの力をたくわえているのだった。暈開と呼ばれる平原をその涯《は》てまで横断するとは、だから、墨の漆黒のなかに封じ込められて見えなくなっていた、濃淡豊かなさまざまな色彩、モノの姿、出来事の意味を、世界の始まりの場所へと辿《たど》りなおすことで再発見する、ということなのだった。揺らぎのなかに、森羅万象《しんらばんしょう》の本質の姿を見いだすためだった。

アトルの指先から水が一滴したたり落ちて、まるで妖精のように石灰石の石筍《せきじゅん》の上にひらりと飛び乗った。生まれたばかりの新しい水の精は、嬉しそうに踊りだすかに見えた。この一滴。人類の歴史の数十万年という時間に、いまほんのわずかな時の層があらたに加えられた。水によって溶かれた時間がやわらかく震えていた。ノアはアトルの傍《かたわ》らにいて、万物のなかに流れる時間というものを、水の音として聞いている自分を感じていた。

雨が上がり、洞窟から出たノアは、ふたたび歩きはじめた。雨滴が森の木々をぬらし、無数の葉が夕方の斜光のなかできらめいていた。めざす方角は東だ。日の出の時、朝焼けに染まる空を目指して進めばいいのだ。草球のなかにふたたび収まったアトルは、もうノアを先導することはなかった。彼のあとから静かに転がりながらついてきた。ノアの辿る道を、すっかり信じているかのようだった。

太陽が何度も昇り、何度も沈んだ。雨が降り、大風が吹いた。峠を越え、山脈を横断した。水は豊かで、木々には果実が実り、川には魚がいた。食べものに困ることはなかった。そしてある朝、湖のほとりのたくましいトウヒの樹の木陰で一夜を明かしたノアは、遠くでゴーンというかすかな海鳴りの音を聞いた。ゆるやかな風に乗って、潮の香りまでもが彼の鼻を刺戟《しげき》するようだった。久しぶりの海の匂《にお》いだ。ノアの心はたかぶった。朝もやに煙る湿地帯を彼は一気に潮の香りのほう、海鳴りの音のほうを目指して進んでいった。

目の前の霧が不意に晴れたとき、ノアの足元で陸地が終わっていた。紺碧《こんぺき》の海が、規則正しい波とともに打ち寄せ、沖に向けて細長い砂洲が海の果てまで続いていた。ザラザラザラ、という神秘的な音が波に混じって聞こえはじめた。ノアは迷わず細長い砂洲をたって沖にある小さな島影へ向かって歩みを進めた。激しい潮流に吹き飛ばされるように、飛魚《とびうお》が群青《ぐんじょう》の海の上を跳ねていた。ノアの口から「ポー・クア・ホーグ」という不思議な声がこぼれだした。すると草球のなかからそれに応《こた》えるように「ナイアン・タック、ナイアン・タック、エト・エト・エト」という聞き覚えのある呪文が聞こえた。ノアの脳裏で、少年アトルの笑い顔が、ふと少女ウルの表情と重なったような気がした。

17

闇のように黒い牛は去って、
ひとに闇を与えた。
――レイ・ブラッドベリ

この都会の北のはずれ。荒廃がすすむ下町の端から川を渡った向こう側に、うち捨てられた大きな門の残骸《ざんがい》がある。崩れ落ちて瓦礫《がれき》になった赤い門には亡霊か化物が棲《す》みついているから、むやみに近づいてはいけない、と人々は子どもたちに教えていた。というのも、崩壊した門の支柱や赤煉瓦《あかれんが》の残骸を運び出してその場を整地しようとしても、真夜中にふたたび瓦礫がもとどおりにうずたかく積まれて、そこに戻っているというのだ。まわりにはもう誰《だれ》も住んでいないので、なにものの仕業なのか、夜中の気配を感じとることもできない。工事業者がトラックを何台も連ねて一昼夜かけてほとんどすべて撤去したかと思っても、翌日にはかならず嵐がやってきて、猛烈な風雨で何も見えなくなっているあいだに、瓦礫はそっくりもとの場所にまい戻っているのだ。

恐ろしくなって、市の土木課はこの場所を整理して再開発することから手を引いた。門は崩壊したまま打ち捨てられ、その先の道も誰も通らなくなった。もともと寂れていて、家も商店もだんだんと消えていった地区だ。表層だけはきらびやかに輝く大都会の片隅に、こんなゴーストタウンのような場所がいまだに残されていることを知る人も、もう少なくなっていた。わたしは、ふと思い立って、この門を訪ねてみることにした。何もかもが失われて廃墟《はいきょ》となってしまったような場所にこそ、逆にわたしたちが本当に失ったものが何だったのかを教える、かすかな痕跡《こんせき》が残っているような気がしたからである。地下鉄の終点まで行き、そこからバスで終点まで乗り、さらに三〇分は歩いただろうか。アスファルトの道が途絶えて茫漠《ぼうばく》とした荒地が広がる、そこはまさに都会の果ての果てだった。

たしかに古い門だ。埃《ほこり》っぽい道に転がっている煉瓦の破片を手にとってさするだけで、長い長い時間が経過したにちがいない古く重厚な質感が漂ってくる。かろうじて残っている壁の一部を観察すれば、煉瓦はフランドル積みの様式で積まれていたことがわかった。煉瓦の大きな面と小さな面を交互に組み合わせて並べてゆくこの独特の積み方は、この国ではいまから一八〇年ほど前の時代に流行したもののはずだった。廃墟が漂わせる時間の厚みある堆積《たいせき》の気配に、おもわず身震いが出る。わたしは、くすんだ美しい煉瓦色の小さな欠片《かけら》をポケットに入れた。それは失われた時間の形代《かたしろ》のようでもあった。

門の脇を抜けて一キロほども無人の道路を歩くと黒い海にぶつかる。その地点には、かつては賑《にぎ》やかな港があったと言われていた。数世紀も前のことである。その港の痕跡は、だがもうすっかり土中に埋まってしまっていて、ほとんど考古学的な発掘の対象にさえなりかけているようだった。あたりにあるなかば崩壊した建物や倉庫跡は、もっと後の建造物なのだろう。それらもまた、この港の歴史を正しく受けつぐように、すでに廃墟と化していた。荒波が汀《なぎさ》を洗う、あの躍動する海はどこに消えてしまったのだろう。いまでは、朽ちかけたコンクリートの堤防に、都会の排水で汚れた海の苦悶《くもん》のようにも見える黒い波が、こきざみに打ち寄せているだけだった。

　このあたりの海岸に、アザラシの群れが棲み、無数の海鳥が白波の上を滑空し、海底には魚や貝が無尽蔵にうごめいていた過去を、わたしは数世代前の記憶の片隅をまさぐるようにして想像してみた。海の豊かさを象徴するこれらの存在によって、人間は海という存在の崇高さに気づき、畏怖を抱き、同時にそこに棲息《せいそく》する動物や魚を捕獲することでカミの領域との交渉をはたし、その結果として食料という恩恵をありがたく頂戴《ちょうだい》する権利を得てきた。だが、それらの豊かさを体現していたものたちは、ほとんど消え去った。アザラシはもはや絶滅寸前の希少動物として、施設に保護されている。カモメもウミネコもアジサシも、その個体数を大幅に減らしてしまった。魚はもはや、どこかの養殖場で工場のようなシステムによって生産され、骨を取り去った調整済みの気味の悪い小片となってマーケットに並んでいるだけだ。汚染された海の水を吸った貝など、もう誰も食べる者はいない。

海を失った港がどのような最期を迎えることになるのか、わたしにはわかるような気がした。この崩壊した町並みは、その意味で港町の廃墟であるというよりは、むしろ海そのものが消滅してしまったことを示す記念碑なのかもしれなかった。崩れ去った瓦礫が点在する町をあてもなく徘徊《はいかい》するうちに、小さな砂丘の縁に出た。その砂丘の脇に、一軒の木造の二階屋がかろうじて建っていた。まわりの朽ち果てた景観のなかで、この家だけが異様に目立っている。もちろん、古く汚れた外観ではあったが、どこか人の住む気配がするのだ。煤《すす》けた壁も、錆《さ》びたトタン屋根も古色蒼然《そうぜん》としていたが、バルコニーにたなびく何種類かの信号旗は真新しく見え、この家の主がいまではいなくなってしまった船乗りという種族の末裔《まつえい》であることを示していた。なにげなく家の表札を見ると、時代がかった金釘《かなくぎ》文字でこうあった。

Noah Whaler

――ノア・ウェイラー？

わたしは首をかしげた。なんとなく、どこかでこの名前を知っているような気がしたからだ。門の前できょろきょろしていると、いきなり玄関の扉が開いて白いあご髭《ひげ》の老人があらわれた。顔の皺《しわ》を見ればひどく年老いた風情だが、足どりはいたって軽やかで、微《ほほ》笑《え》んでいるにもかかわらず、眼光は異様に鋭かった。わたしがなにもまだ訊《たず》ねないうちに、彼のほうからわたしの訪問を待っていたかのようにしゃべり出した。夜の海鳴りのような低い倍音をともなった不思議な声だった。

「なにかお探しかね、旅のお方。ここはもともと、陸地から伸びた細い砂洲《さす》の連なりが果てるところにある、小さな島だったのじゃ。まわりの海はひどく流れが速くて、よく人が溺《おぼ》れたり船が衝突したりしたものよ。

だが、まさにこの荒々しい海に勇敢にも乗り出してゆこうとする鯨採りの男たちにとって、この小さな島は冒険をうながす突先《とっさき》じゃった。陸地の突端にある島の港は、こうして世界中のどこよりも栄えた鯨採りたちの港となったのじゃよ」

遠くを見つめる眼差《まなざ》しで、老人はつづけた。

「鯨がもたらす富は、それはそれは豊かなものだった。なによりも油、そして肉はもちろん骨や歯まで。すべての部位が、貴重な食料源であり、また工業資源だった。時代の富を求めて、船乗りたちが世界中からこの港に集まりよった。

もともとこの一帯にはナラガンセットの民がいた。ワンパノアグの民もいた。そこに遠くからアムステルダムの水夫がやってきた。ル・アーヴルの水夫もやってきた。アイスランドの水夫も、マルタ島人も、シチリア島人もいた。アゾーレス島の男、マン島の男、タヒチのたくましい銛打《もりうち》、カーヴォ・ヴェルジ群島の黒い男たち。ここで無数の地名が飛び交っていた。バルティック、ベルファスト、フォルモーザ、ジパング、カディス、パゴパゴ、ウシュアイア、プンタ・アレーナス。神秘的な音の乱舞じゃった」
老人の口から漏れる不思議な地名たちは、際限なくつづきそうだった。

「そうそう、旅のお方、あなたがいつか訪ねてきたら話すように、とわしの母から言い残されていたことがあったのじゃ。この砂丘の向こう、岬の突端にある小高い丘に、一本のそれはみごとなビャクシンの樹があったのじゃよ。白っぽい褐色の幹が太縄のようにねじれながら空まで伸びておった。細い緑の葉は一年中、荒々しい風に吹かれて甲高い口笛をピューピューと吹いておったかのう。

ところがわしがまだ小さい頃《ころ》にやってきた記録的な大嵐で、このビャクシンの樹は倒れてしまいよった。そのとき、樹の生えていた根元に、わしの母親はなにかを埋めたそうだ。わしにはそれが何だったか、教えてはくれなんだった。さらに母は、かろうじて砂の斜面に生き残っていた一本のビャクシンのひこばえを持って都会に行き、街の入り口にあった赤い煉瓦の門の脇に植えたのじゃ。何のためか、わしにはわからんが。だがそれから何十年も経ったある日、一頭の黒い牛がどこからか現われて、そのビャクシンの樹の脇を猛烈なスピードで走り抜けたそうだ。門は崩壊し、あたりに黒い埃のような闇《やみ》が降りかかった。すべてはそのときから、死と崩壊に向かって進み出したのじゃ。港は朽ち果て、街は青空を失った……」

わたしは、白髭の老人の話が永遠につづくのではないか、と怖れてこうさえぎった。

「この港町は、むかし何と呼ばれていたのですか?」

「ナンタケット、いやもっと古くはナイアン・タック……」

老人はそう言っただけで、きびすを返して廃屋のなかに入っていった。扉を閉めるとき、乾いた咳《せき》が一つコホンと鳴った。

その瞬間、海のあげるやせ細った潮騒《しおさい》に混じって、ザラザラザラという奇妙な物音がかすかに聞こえてきた。波打ち際のひび割れたコンクリートの亀裂《きれつ》のなかに、どこから流れ着いたのか、鮮やかな宝貝が一つだけはさまっていて、場違いなほど輝く青い光をあたりにまぶしくふりまいていた。

18

語られた言葉は
おなかのなかからやって来る
赤ん坊のように
――デウェ・ゴロデ

朝霧が静かに引いていった海の水面が、いまはあざやかに光り輝いている。沖に見える細長い島影にむかって、まっすぐに砂の道が海を横断していた。ノアはためらいもなく、道を伝って海にのりだしていった。こきざみに渚《なぎさ》を震わせる快活な波のざわめきにまじって、あの音がたしかに聞こえていた。

――ざらざらざら　ざらざらざら

この音が聞こえると、いつも時間がうらがえる。どこかまったく知らない方角にむかって、時間の矢がゆっくりと伸びてゆく。未知の、でもどことなく懐かしさがただよう、けれどすっかり失ってしまったような、不思議な風景がそこに現れる。貝殻がたてるはじまりの言葉だというこの音。いままでは谺《こだま》のように遠くから響いていた音が、きょうは、近くでもっとずっとはっきり聞こえる。ざらざらざらと神秘の音をたてる貝殻は、この青い海のただなかで生まれ育った貝たちのあげる声にまちがいない。

ノアはそんなことを思いながら細長い砂洲《さす》の道を渡りきって対岸の島に降り立った。貝殻の音は、オーケストラが奏《かな》でる対位法《たいいほう》のように響き合い、重なり合って、ノアに何かを語りかけようとしていた。

——ぼくは、ついにぼくの「青い光の洞窟《どうくつ》」にたどりついたみたいだ。

ノアは心のなかでそう確信した。白衣の巡礼者が、その「使命としての旅」の目的地と定めた聖地。光が生まれ、生命が誕生する起源の場所。貝殻による神秘の交響楽によって迎えられるこの砂の島こそ、ノア自身にとっての起源の場所であり、彼の放浪の使命がなんであったのか明らかになる特別の場所であると彼は直感した。

そういえば、彼の後をついてきたはずのアトルの草球はどこかに消えていた。もうきみにぼくの案内は必要ない、自分で正しい場所を探しなさい。そんなかすかな声が背後にただよいながら、褐色の砂のなかに消えていったような気もした。アトルという水の流れ、その導きによってこの海辺に導かれたノアは、アトルの透明な水の飛沫《ひまつ》のような快活な声と教えに感謝した。子どもだと思っていたアトルの存在が、なんだか頼もしい父親のようにも思えてきて不思議だった。


とそのとき、島の小高い丘のむこうから、女性の透きとおった歌声が響いてきたようにノアは思った。呼ばれているような気がして、ノアはずんずんと砂の丘をのぼっていった。海辺の斜面にはアメフリハナの葉が匍匐《ほふく》しながら一面にひろがり、美しい薄紫の花をあちこちで咲かせていた。潮風がアメフリハナの筒のような花弁をゆらし、甘い匂《にお》いがほのかにあたりの湿った空気を彩った。

砂の丘を登りきったノアは息を切らせながら潮風のなかに立ち、目を細めた。丘の向こうで、何かがキラキラと輝いていた。それはよく見ると、オリーヴ色をした大きな石で、キラキラと輝くその表面には蛇のような幾筋ものあざやかな模様が見えた。オリーヴ色の大石の脇には、一本の大樹が天を突くように聳《そび》えていた。太縄が何重にも巻きついたようなその白っぽい幹の特徴的な姿で、ノアにはこの大樹がなんだかすぐにわかった。ビャクシンの木だ。

ノアは、まぶしいほどの海の光をあびて静かに佇《たたず》むビャクシンの木に近づいていった。どこかで知っている光景にも思えた。夢ででも見たのだったろうか？　潮の香りにまじって、甘くきついハーブの香りがただよってきた。ビャクシンの木の下草のように、茴香《ういきょう》の薄緑色の細葉があたりを覆い尽くし、黄色の小さな花が一面に咲いているのだった。ノアにとって、何よりも懐かしい母の、忘れかけた記憶をよみがえらせる匂いだった。茴香の草むらにノアは顔をつけるようにして横たわった。全身をこの匂いのなかに包み込むことで、ずっと昔に失ってしまった大切なものへの繋《つな》がりをとりもどそうとでもするかのように。

そのノアの耳元でなにかがピカピカと光りはじめた。ビャクシンの木の根元に、なぜかコリブリのお守りがちょこんと置かれていたのだ。いそがしく明滅するコリブリの姿を見て、ノアは直感した。ビャクシンの木の根元を掘るように、というメッセージにちがいない。アコマ老人が言っていた、ビャクシンの根元に眠る死者の魂のことをノアはただちに思いだした。

近くにころがっていた大きな二枚貝の貝殻を使って、ノアは木の根元を掘りはじめた。乾いた砂の下には、思いがけないほど湿っぽくふくよかな土の層があり、あたたかな蒸気がやわらかい土中から立ち昇ってくるのがわかった。土に張ったビャクシンの固い根を避けながら掘ってゆくと、やがてカチンと固いものに突き当たった。掘り出してみれば、握りこぶしの倍ほどの大きさの黒く湿ったかたまりだった。慎重に土をこそげ落としてゆくと、青緑色の縞《しま》模様がきらめく大きな夜光貝の殻が現れた。この世のものとも思われない妖《あや》しい光が、殻の内部の真珠層から漏れ出してきた。どれほど長いあいだここに埋まっていたのだろうか？　貝殻の内部には、ブナの木の皮を巻いてできた書簡のようなものが入っていた。ノアは静かにその巻紙をひろげてみた。古代人の、知らない楔《くさび》文字のようなものが現れるだろうという予想に反して、装飾の多い筆跡ではあったがノアにも読むことのできる文字だった。

そこにはこう書かれていた。

「わたしは、世界のはじまりのはじまりの、そのまたはじまりの時に立って、これを書いています。ことばが生まれる前の、ほとばしる水と打ち寄せる波の音から、新しいことばを創造しながら。水の精でできたこのことばは、だから誰にでもまだ読むことのできる記号で書かれるのです。

この手紙をいまあなたが読んでいる、ということは、すでにあなたが『知って』しまった、ということでしょう。長く辛《つら》い旅をしてきたのでしょうね。

地球が誕生したときの厳かな風景。そのあと、むごい戦いがくりひろげられたこと。人間と動物たちとが、決定的に分かれ、ちがった道を歩きはじめてしまったこと。世界から、空と海と森とが失われていったこと。人間が住む町が、時が来るとかならず崩れ去っていったこと……。『気づく』ことがなく、『知る』ことがない人々は、創造と喪失が繰り返されたものごとの由来を、たやすく忘れ去ってしまうのです。

でもあなたはちがった。真剣に知り、勇気をもって気づくことができた。だからあなたはここにいる。あなたはノアですね。いえ、いまあなたはノアになったのです。

むかしむかし、森がまだ深い闇《やみ》を宿し、夜が太陽を支配していたころ、わたしはノアという子どもを産みました。生命の起源の種を宿した子ども。わたしの子どもであり、わたつみのうねりの息子でもあり、空を旋回《せんかい》するムネモシュネの化身でもあり、洞窟のつらら石からしたたる水の滴の精でもありました。

けれどその子どもは、森羅《しんら》の混合物であることから離れて、人間になる道を選んだ。アトラホカトルへの道を。たくましい海人となったノアは、船を建造し海を渡り、川をさかのぼって内陸の森を知りつくしました。万物の種を胎内に宿すノアは、人間となっても森や木々や海や火山たちの声を理解することができた。それらがあげる悲鳴やうめき声から、世の中に迫る危険をノアは知ることができたのです。

人間たちが世の中の支配者としてすべてを手中におさめたとき、ノアには森や海の苦悶《くもん》の叫び声がきこえてきたのです。

何か恐ろしい出来事が起こるのを知っていたノアは、船を造り、海を渡る旅に出ました。大切なものを失いかけた世界に、大切なものをとりもどすために。ものごとの起源へとさかのぼるノアの旅のなかで、はじめてすべての生命がよみがえり、世界が再生されるからです。種をすべての海と大地に蒔《ま》き直すことができるから。ノアの旅はつづいています。なんどもなんども失われかけた世界がよみがえったのは、彼の旅のおかげなのです。

いまノアとなったあなたは、旅の涯《は》てで、あたらしい創世のひきがねをひいたのですよ。

失うことの痛みを知ったノアこそが、喪失の廃墟《はいきょ》から新しい一歩を踏み出せるのです。わたしは、ここをたずねてくるノアにそのことを告げるためビャクシンの根元にこの手紙を埋めたのです。

さあ、帰りなさい、あなたの島へ。このナンタケットのちょうど正反対の場所にある、あなたの島へ。世界の再生を、もう一度目撃しなさい……」

長い手紙をノアは読み終えた。身体《からだ》の芯《しん》がほてるような熱を発していた。知らなかった母の声をはじめて聴いたような気がした。なつかしく新鮮な感情が彼をつつみこんだ。ビャクシンの白い幹が柔らかな腕のかたちになり、ノアの身体をやさしく抱こうとしていた。

19

ここで問題なのは失うことではなく、
獲得することなんです。
——ジョン・ケージ

港として栄えた場所であるなら、それがどれほど小さな港であろうと、独特の空気が漂っているものである。船がゆききし、人が往来した痕跡《こんせき》は、港のあちこちにまちがいなく刻みつけられ、風景として永続化される。船がもたらした獲物や商品は、港を中継地として流通・分配されてゆくので、港という空間には、それが鯨であれ魚であれ、あるいは貿易品であれ、それらの荷の固有の属性がかならず染みこんでゆくことになる。臭いや色、港湾や倉庫のかたち、市場のたたずまい、水夫向けに立ち並ぶ宿屋、食堂……。移動という属性が場所に特有の解放感をあたえ、出逢《であ》いや別れという条件が港に人間的感情の澱《おり》のようなものを堆積《たいせき》させる。

そしてなにより、港はある種の人間精神を凝縮《ぎょうしゅく》させた場である。それは海へと自らを拓《ひら》く勇気を象徴する。海に呼びかける意思を体現する。海からのさまざまな交信を全身で受け止める感覚の先端となる。海という母胎がわたしたちをとりまいているという事実を、港は単刀直入に受け止め、人間をその母胎へと橋渡しする。港への上陸は母胎からの離別であり、海への出航は母胎への帰還であるという深い真実を、わたしたちに告げる。

だがこのナイアン・タックの廃墟《はいきょ》は違う、とわたしは感じる。この町が港として生きていた時間は、いったいどこに流れ去ってしまったのだろうか？　場所にからみついていた濃厚な匂《にお》いはいつしか風にさらわれ、ぎらつくだけの太陽が鈍色《にびいろ》の歴史を漂白してしまったかのようだ。廃船の一隻すらなく、倉庫も宿屋も市場もとうの昔に放棄されて亡霊のような町と化した港をめぐるうちに、わたしは不思議な時間のなかに入りかけている自分を意識した。それは、「いま」という時間が深くはらんでいる厚みを持った過去、歴史的な時間の堆積の感触が、ここにはまったく感じられない、という感覚である。のっぺらぼうの時間だけが浮遊している。自分がいまここにいることを成り立たせる、いかなる他者の存在も想像できなくなったような奇妙な欠落感である。それはひとことで言えば、「歴史的な時間」というものが消失してしまった、表層的で場当たり的な時間感覚である。過去に生み出し、過去に失ったものの記憶がすっかり消えてしまった、その場しのぎのうすっぺらな時間である。なにもかもが、あり余るほどにあふれているように見える現実のなかで、こんな時間の欠落感が自分に襲ってくることが、わたしにはどうにも不条理に感じられた。

都会はいまや、あらゆるものの飽和のなかで溺《おぼ》れかけている。情報の飽和。便利さという殺し文句のもとに目先だけを変えて生産されるモノの飽和。自己本位の干渉とおせっかいを振りまくだけの人間感情の飽和。効率性の神話の飽和。新しさ、すなわち表層的な新奇さでしかないものの飽和。闇と死を追放しようとする光の飽和。時間の空白を許さず、隙間をすぐにうめようとする時の飽和。穴を塞《ふさ》ぎ、薄暗がりをなくし、風や匂いが渦巻く曖昧《あいまい》な場所を一掃しようとする空間の飽和……。

そんな飽和を生きるなかで、確実に捨て去られていったものがある。情報にならない知性のゆらぎや閃き《ひらめ》。使い込むことによって自分の身体《からだ》にゆっくりとなじんでくる道具。孤立ではなく自立をうながす優しき不干渉。ただちには役に立たないことのなかにはらまれた豊かな未知の可能性。古さ、すなわち時の堆積のなかに隠されていた深遠な謎。煌々《こうこう》たる光がけっして照らしだすことのできない淡い縞《しま》模様や陰影の深み。宙づりになった時が、退屈をつうじてわたしたちにうながす突然の啓示。風が通ってゆく扉の隙間、精霊が出入りする縁《えん》の下の秘密の通路……。

ナイアン・タックの廃墟は、わたしになにものかが決定的に「なくなってしまった」という確信を植えつけた。しかも歴史的な時間それじたいの消失によって、そのなくなってしまったものがなんであったかすら、もう人間には思い出せないのだ。文書や書物があるではないか、と人は言うかも知れない。だが、歴史は公文書館にあるのだろうか？　それは国会図書館に行けば見つかるのだろうか？　ましてや、ディジタル情報の洪水のような奔流《ほんりゅう》のどこを探せば、悠久の時間のなかで森羅万象と人間の世界を律してきた歴史の水音《みずおと》を感知できるというのだろうか？

わたしは、はるかむかしにどこかの映画館で見た、遠い南の異国を舞台にした映画をふと思いだした。街をあげて三日三晩おこなわれる民衆の壮大なお祭りのさなか、ある男が大切な女性を雑踏のなかで見失う。祭の前日、運命のようにして出逢ったその娘は、はじめから何者かに追われているような怖れの表情を見せていた。男は、彼女の美しさだけでなく、彼女の内にある得体の知れない怖れや怯《おび》えごと、彼女を深く愛した。娘を庇護《ひご》しようとする使命感が男の愛情をより強く、優しいものにしてゆく。にもかかわらず、祝祭で浮かれた都会の雑踏と混乱が、二人を引き離してしまう。一人になって追いつめられた娘は死神に命を奪われ、男の手の届かない世界に去ってゆく。祭の雑踏をかいくぐり、愛する女性を必死になって探す男。探し疲れた男はついに市庁舎に入り、失踪《しっそう》者係の窓口を訪ねる。だがそこでは、失踪者を記録した紙切れだけが机の上にうずたかく積まれ、窓からの風で紙片がハラハラと廊下の螺旋《らせん》階段から階下の闇へと舞い散っていた。

紙切れのなかに女はいない。さとった男は役場を去り、絶望に打ちひしがれつつ、死者の魂を呼び出すことのできる巫女《みこ》のいる教会へと入ってゆく。男が祭壇に向かって娘の名をとなえると、すでに憑依《ひょうい》状態に入った老婆が若い娘の声で男に答えようとする。一瞬の希望の光。だが男は、老婆の陶酔したような表情を直視し、それが娘のものでないと知ると、すべてを了解したように教会から立ち去ってゆく。魂の世界にすら、真実の恋人はいなかったのだ。男はついに、遺体安置所の凍える部屋のなかで娘の身体と再会する。凍りついてはいても、男にとっては温もりをもった唯一の真実である。男はその遺体を引き取り、両腕に抱えたまま、彼の住む街の裏山の高台へと登ってゆく。すでにこの世から生命が失われたとはいえ、彼はみずみずしい過去を、陰影ある歴史をしっかりと抱いているのだった。男の表情には神々しいほどの歓喜が兆している。だが結末は衝撃的だ。男は、自ら一体化した最愛の女性の身体とともに、高台の上の絶壁から奈落《ならく》の底へと突き落とされる。男を突き落とした直接の原因は、愛なき許婚者だった別の女の、嫉妬《しっと》と憎しみによる投石だった。

わたしはこの主人公の男の名を思い出した。オルフェウス。そしてその最愛の女はエウリディケーにほかならなかった。エウリディケーの「実在」を、すなわち彼女が「ある」ことの証拠を、冥界《めいかい》に下降することでたしかにつかみ取ろうとするオルフェウス。失《な》くしても、あったことの真実をつきとめることによって、自己と他者のかけがえのない歴史を奪い返そうとするオルフェウス。もはや生死の境を越えて行われるこの神話的探求によって、生命がそこにあったという簡潔な真実が、肯定される。深い歴史の水音が、たしかに聞こえてくる。祭の喧騒《けんそう》を貫いて。汀《なぎさ》の貝殻のザラザラという摩擦音の隙間から。

ナイアン・タックにもそんな深い歴史があったはずだ、とわたしには思えた。廃墟の風景は、喪失を嘆くためにあるのではない。その風景は、あらたに獲得することをわたししたちにうながしているのではないか。何かが決定的に欠落した、この「ないものがある世界」に、いまはない、だがあったはずのものをふたたび「あらしめる」こと。何が失われたかを歴史的に知ることによって、その「ない（はずの）ものがある」世界を想像してみること。想像し、再-獲得し、ふたたびこの世界にそれを呼び出し、導き入れてみること。

ノア・ウェイラーなる老人が話してくれた、砂丘のふもとにあったというビャクシンの木の痕跡は、どこにも見つからなかった。その根元に埋められているという手紙のことも謎のままだった。港の廃墟から街への帰途、わたしはふたたび、あの赤い大きな門の残骸の脇を通りすぎようとした。ふとみると、崩れた煉瓦《れんが》の隙間から、朽ち果てたようにも見える木の切り株が白く光っていた。そうだ、もう一本のビャクシンの木だ。近づいてみると、その切り株から、小さな緑の芽生えが見てとれた。この木はまだ生きているのだ。絡まった根には、小さな貝殻が抱かれていた。わたしは小さな紙片をそのなかからとり出して読んだ。

ノアへ。こちらに歩いてきなさい。砂のずっと向こう、海のずっと向こうまで。ムネモシュネが渡ってくる記憶の小島まで。いまこれらの島々は生まれたばかり。わたしはその創世の島で、あなたを誕生させたところです。ノア、未来へ歩いてきなさい、泳いできなさい。失ったものをすべて捨てて、もう一度すべてを獲得するために。ウルより。

いつ書かれたかわからない、短い手紙だった。文字の滲みは、古い昔のシミのようにも見えたが、たったいま、わたし自身の汗に濡れた指がうみだしたまあたらしい滲《にじ》みのようにも思えた。心に不思議なたかぶりがあった。わたしに呼びかけられたものではないにもかかわらず、ノアという名を、わたしはまるで自分自身の新しい名前であるかのように受け止めているのだった。

20

それははじまりの樹だった
その根は海の底へと伸びていた
——テレシア・テアイワ

砂丘の上から、水平線までうねる濃紺の海を眺めながら、ノアは「島へ帰りなさい」という慈愛《じあい》にみちたやわらかな声を耳の奥で聴いていた。あたりに漂う茴香《ういきょう》の香りによって、なにかが彼の記憶の芯《しん》にふれたのだろうか。手紙の声に、ノアは母の存在をつよく感じた。いままで、どこにもいなかったはずの母が、この海辺の場所にとつぜんあらわれたかのようだった。それは、古い手紙とそこに記された滲《にじ》んだ筆跡という小さな徴《しるし》にすぎなかったが、ノアにはそれがなによりも具体的でずっしりとした存在として意識されるのだった。人間の魂がそこにあることの、ふしぎに霊的な実在感に、ノアははじめて打たれていた。
自分の島へ帰ること。さまよいながら長く困難な旅をしてきたノアにとって、ふたたび来た道を戻ることは途方もなく難儀《なんぎ》なものであるはずだった。ナンタケットと呼ばれているこの小さな砂洲《さす》の島が、ノアの住んでいた島とどのような位置関係にあるのかもまったくわからなかった。ところがなぜかノアには不安のかけらもなかった。母の声が、彼にこう告げていたからだ。

――わたしの幹を切り倒し、船を建てなさい。

そうだ、海をわたって帰るんだ。ノアにはなんの迷いもなかった。彼は確信したかのように、ビャクシンの木の根元をさらに掘った。すると砂の穴の奥から頑丈な斧《おの》が一丁と、薄黄色の植物繊維で織りあげられた縄と大きな布があらわれた。ノアは母に感謝した。自分のために用意されていたこの始まりの贈物を、彼はうやうやしく受け取った。
それからの仕事は、まるですでに慣れ親しんでいるかのような早業だった。ノアは斧でビャクシンの木をいっきに伐《き》り倒した。痛ましさも辛《つら》さもなく、かえって知らなかった母親の身体《からだ》を自分のもとに抱き寄せるような、いとおしささえ感じながら。ノアは、この白い肌をさらした母の身体に、感謝と決意の祈りを捧げた。

それからノアは、たおれたビャクシンの幹の皮をていねいに剥《は》ぎ、細長い板状に切り出し、斧でたんねんに鉋《かんな》をかけるように成形していった。美しく仕上がった五、六枚ほどの板を並べ、縄で固く縛りつけた。筏《いかだ》である。筏の中央には、ビャクシンの太い枝で作った長い柱を立てた。さらにそこに直覚にまじわる横柱を組み、布で大きな帆をかけた。こうして三角形の美しい帆を風に翻《ひるがえ》す、みごとな筏舟《いかだぶね》が完成した。翌朝、東の水平線があかね色に染まりはじめる未明の時間に、ノアは船出した。紺色の海にさざ波をたてるほどのちょうどよい風が、帆をいっぱいにふくらませた筏を浜から沖へスイスイと押しだしていった。ノアはナンタケットの砂丘がだんだんと小さくなってゆくのを名残惜《なごりお》しそうに眺めた。

自分が生まれ直した場所。けれどもノアは、生まれ故郷とは、あるときそこから去って行かなければならない場所でもあることを、すでに知っていた。ビャクシンの木はもう砂丘に立ってはいない。彼の操縦する舟となって、それはいま海と彼の両足のあいだで、白鯨の子どものようにたくましく息をはいている。ノアの眼は、すでに迷いなく水平線の彼方《かなた》へと注がれていた。

小さな島影こそ、ノアの唯一の道しるべだった。毎日毎日、ノアは遠くの水平線に淡い島影が見えてこないか、凝視しつづけた。海鳥が舟のかたわらを横切ることがあれば、それは近くに島がある前兆である。海藻がまとまって流れていれば、確実に陸が近い。そしてもうひとつ、ノアにはある物語の記憶があった。アコマ老人からいつか聞いた話だ。それは、鯨捕りの祖先たち、そのなかでももっとも古い時代の最初の鯨捕りたちが、嵐で難破して命からがら漂着した小さな島の話だった。その小島にはたった一本の白っぽく細長い幹を持つ大樹が生えていた。細かい葉は芳香をもち、樹皮とともに精油をとりだすことができた。鯨捕りたちは、弱った体をこの木のエッセンスによって癒《いや》され、元気を回復していった。白っぽい幹を持った木は深く根を伸ばしていて、どこまで掘っても根の先端は見えなかった。鯨捕りたちは、その木の根は海の底まで伸びているのだ、と信じた。葉や樹皮の特異な香りは、生命の生まれ出た海の底に湧《わ》き出る特別の水、最初の水が持っている性質に由来するのだ、と。その木の種を持って、ふたたび鯨捕りたちは船出した。あたらしい島に寄るたびに、彼らはその種を島々の砂に埋め、木の子孫を増やしていった。だから、今でもこの白っぽい木が生えている島は、そのときの最初の島々の一つなのだ。この木とともに、島々は最初の世界をかたちづくったのだ。アコマ老人の話はこんな内容だった。老人は、ノアにその木の名前を教えてくれた。ニムアノアというのだ。ノアは、その名前のなかに彼の名前が含まれていることに、とりわけ惹《ひ》かれたことをよく覚えていた。

だからこそいま、ノアは、彼が最初に見出す島は、遠くからでもはっきりと、この白いニムアノアの木が渚《なぎさ》に生えている姿として現われてくるのだ、と確信していた。そしてある朝、彼は遠くにぼんやりとした平たい島影を見つけた。蜃気楼《しんきろう》ではない。少しずつ筏を進めていくと、渚には白っぽい幹をした背の高い木々が幾本も生えているのがはっきりと見えた。樟脳《しょうのう》に似た特有の芳香が、すでに風に乗ってノアの鼻をくすぐっていた。

——この島が、ぼくが自分の島へと帰るための最初の起点だ。

ノアはそうつぶやき、美しい白砂の浜に上陸して息を深く吸った。ニムアノアのみずみずしい芳香が、彼の身体のなかにしみ込んできて、彼に力を与えてくれるようだった。ノアは、この島に名を与えた。「ピルア」というのだ。親、という意味だった。

ニムアノアの種を採集したあと、ノアはただちに船出した。ここからすぐ近くにもう一つの島影がくっきりと見えたからだ。ノアは迷わずその島へと進み、小さな入り江に上陸した。山がちの島で、鋭角的な火山がいくつも聳《そび》えていた。浜にニムアノアの姿が見えなかったので、ノアは種を蒔《ま》いた。そしてこの島に「ピルピル」という名をつけた。子ども、という意味である。

こうして、ノアは島にたどり着くたびに、その島に名前を与えていった。コバルトブルーの珊瑚《さんご》の海にかこまれた環礁《かんしょう》は「イルイカック」＝空。そのかたわらに小さく寄りそう小島には「ミシュトリ」＝雲。つぎつぎと島影があらわれ、ノアは島を結びながら迷うことなく船を進めていった。ある島は「時」と名づけられた。次は「暗闇」。次は「本」。そして「指先」。ノアの手元にも、頭のなかにも、いかなる辞書もなかったが、島へたどり着くたびにノアはそこが呼ばれるべき名前を、ただちに思いつくことができた。言葉を生みだしながら、彼はそれらが実在のものとなってこの世界に現われ出ることを熱望した。そのとき島々の存在は、それらが世界に「ある」ための証《あかし》となるのだった。

アコマ老人の謎めいた教えが、ふたたび甦《よみがえ》ってくる。

——ものがあるとは隠れるようにしておずおずとあるのではなく、ごく自然に、静かに確かにあることじゃ。べつにいばったり、めだったりするわけじゃない。その存在の確かさと、それがわしらすべての人々に日々はたらきかけているという事実を深いところで信じていれば、それらをことさら意識することもない。まるでないかのようにしてあること、それがあることの芯じゃ。そのように静かに存在しているものを、ほんとうにないものにしてしまうことが、いちばんよくないことなのじゃ。

こんな哲学的な教えを聞いた昔には、ノアはなにもわかっていなかった。そのことがいまわかる。いまなら、アコマ老人の言おうとしていたことが、水のようにノアの体内にしっとりと染み込んでくるのだった。

島々を名づけながら、ノアはニムアノアの種を蒔きつづけた。美しいもの、鋭いもの、世界に隠されながら確かに息をしているもの、それらの名を、ノアは島々に与え、それらのものを世界に誕生させていった。ビャクシンの筏はたくましく海を渡っていった。始まりの漁師たち、始まりの鯨捕りたちの力が、眼が、潮の流れや風を読む能力が、ノアに乗り移ったかのようだった。母の慈愛の声が、いつも彼を励ましていた。

筏は決して沈むことがなかった。驚いたことに、伐り倒して組み上げたビャクシンの板の年輪のすきまから、たえず乳白色の樹液があふれ出し、この液が海の上に浮かぶ生木の筏に不思議な浮力を与えていたのである。ノアはこの乳白色《にゅうはくしょく》の樹液《じゅえき》を口に含んでみた。記憶の奥底から、懐かしい感覚が甦った。ビャクシンの出す乳を飲みつづけることで、ノアはいかなる渇きからも飢えからも解放されたのだった。

21

夢の中を通り抜けて振り返れば緋《ひ》の色が見えて、
それは現世の方に咲いている彼岸花だった……
——石牟礼道子

青い空を失ったこの街から、いさぎよく去ろう。

ついにわたしは決意した。薄暗くよどんだ未来への不安と、うしろ向きのほろ苦い懐旧。それだけを抱きながらこの街で日々生活することに、耐えられなくなったのだろうか。

もちろん、心弾ませてくれるものがなかったわけではない。家族は優しく、知人の友情はじゅうぶんに温かかった。窮屈な時間のなかにふと風穴のような隙間《すきま》が空いて、小さな恩寵《おんちょう》のような瞬間がおとずれることだってあった。忘れ去られた街角の隅っこの暗がりで、ロウソクの火のような瞳《ひとみ》をゆらめかせて遊ぶ子供たちに巡りあったこともある。気持ちが沈み込んだ朝、車のエンジンの轟音《ごうおん》をひびかせながら海山のはざまを飛ばせば、エメラルドの海も緑の山も甦《よみがえ》るかに思えた。もっとも素朴な食べものの淡い味わいが、厚化粧してただれた舌から裸の舌を救い出してくれたこともあった。

そのような小さな恩寵を日々受けとりつつも、慎ましく存在してきたものごとの深みと豊かさが、あたらしく効率的な何かによって上書きされるようにして失われてゆく日常は、もはや押しとどめようもなかった。静かに鳴り響く夜のしじまは電気的に増幅された騒音に侵され、人びとの繊細な指先は使い捨ての装置の液晶パネルによって奪い去られていった。動きをさえぎり、かつての場所にとどまり、反芻《はんすう》しながら考えるいとまもなく、進歩の風はわたしたちの足をいたずらに速めさせるだけだった。

そんなつんのめった毎日から決別しよう、とわたしはついに思い立った。とはいえ、それは撤退でも避難でもなかった。それはむしろ、失われたものの奪還である。再獲得に向けての旅立ちである。幻影の夢だけを与えつづける洪水のような世間の大波から逃れて、わたしは、ほんとうに大事なものが慎ましく美しく「ある」世界を、どこか遠くに探し求める必要があると感じた。しかも時空を超えて求めなければ、深くそれを希求しなければ、そうした世界はけっして人間のもとに還《かえ》ってはこない。わたしはそう信じていた。

海を失い、その海を渡る船をも失ったいま、遠くへと移動するためには空を飛ぶしかなかった。人工の羽をつけた銀色の巨大な玩具《がんぐ》のような無機質の乗り物をなんども乗り継いで、ぎこちなく揺れながらいくつもの陸と海を横切った。上空から眺める海の色は、少しずつ群青《ぐんじょう》の輝きをとりもどしていくように見えた。灰色にくすんでいた雲も、白く柔らかい綿のような感触にゆっくりと近づいていった。そしてある瞬間、下界の海と空のはざまに円形の虹《にじ》が見えた。真円《しんえん》の、まあるい七色の環《わ》。蒼《あお》い波頭をきらめかせる海原《うなばら》が生みだした、光の赤子である。虹の彼方《かなた》には大きな緑の島が見えた。入り江の多い、襞《ひだ》の深い、鬱蒼《うっそう》たる森におおわれた野生の島だ。この島かもしれない……。わたしはなにかを直感した。

むかし夢に見た南の島の記憶の姿に、どこか似ていなくもない亜熱帯の島。なにものかに背中を押されるようにして、わたしはこの珊瑚礁《さんごしょう》の島で期待の一歩を踏みだした。降り立った浜辺にはアカバナーが咲き乱れ、白地にオレンジの鮮烈な模様をつけた大きな蝶《ちょう》があたりを群れ飛んでいた。生暖かい風が螺旋《らせん》状に空を巻くように吹き荒れ、木々は梢《こずえ》を騒がしく揺らしていた。

ここには、灰色の都会の初秋、不意に町はずれの土手で咲き出す彼岸花はない。あの、どこか狂気じみた、不思議な先祖返りのような異様な緋色の出現は、この南の島のものではなかった。そのかわりに、ここにはエリスリナという、おなじ緋色の花を咲かせる大柄な樹木がそこここに生えていた。葉を出すまえのわずかな期間に、あざやかな朱花を枝先に密生させる大木である。この島のエリスリナは、いまが花の最盛期だった。とくべつに太い幹を持った樹には大きな洞《うろ》が空いていて、年輪が血管のように錯綜《さくそう》する内部をまるでさらけだすようなその姿に、わたしはたじろぐほどだった。その太く堅固な幹と、おそらくは地中深くもぐり込んだたくましい根とによって、エリスリナは島の養分を存分に吸収し、蓄え、葉に先んじて無数の鮮烈な朱花を一気に開花させるのだろう。目に見えていないところにはたらく自然の凝縮された力を、それは再発見させてくれるようだった。

わたしは緋色の花房が点々と落ちている坂道を、鮮やかな色に導かれるように山のほうへと登っていった。中空のつむじ風がごうごうと山の斜面を鳴らした。潮のざわめきと風のうなりとが一つになって、わたしの耳は一気に野生の聴覚をとりもどしていった。野鳥がいくつもの異なった声を樹々に向けて響かせていた。ヒカゲヘゴの密生する山中へと迷い込んだわたしは、やがて廃墟のような朽ちかけた小屋のまえに立っている自分を発見した。屋根はなかば倒壊し、珊瑚を積み上げた石垣は崩れかけていたが、不気味な佇《たたず》まいは少しもなく、どこか清潔で凛《りん》とした空気が小屋の周囲にただよっているのだった。人の気配はなく、小屋の前に置かれた祭壇のような大きなテーブルだけが、木漏れ日を反射して白く光っていた。

わたしはここで荷を解くことにした。小屋の片隅にはきれいに珊瑚砂《すな》が敷かれ、雨露をしのげる屋根も傾いたままそこに引っかかっていたからだ。明らかに以前誰《だれ》かが住んでいた、素朴な住居にちがいなかった。白っぽい木材でできた大きなテーブルは、奇妙な存在感をわたしに伝えた。長いあいだ使われていないのだろう。木の葉や蔓《つる》がからみついたテーブルの上には、貝殻や木の実が無造作に置かれていた。青い縫いぐるみのように見えたものを手にとると、小さな鳥の死骸《しがい》だった。美しい虹色の羽は、光の加減で青やオレンジに光り、つい先ほどまで花の蜜を吸って飛び回っていたかのようなみずみずしさを発散していた。あまりにも美しいオブジェのようなその姿に魅せられたわたしは、羽の隙間からのびていた細い糸をもって、この鳥を近くのエリスリナの幼木の枝に吊《つ》るしてみた。新たな生活のための、機知に富んだおまじないのつもりだった。

思いがけなく、生活と仕事場の準備は整った。というのも、わたしはこの島で、一篇の長い物語を書こうと考えていたのである。それは、ひとつの創世の神話のようなものになるはずだった。創世といっても、天地開闢《てんちかいびゃく》の神話ではない。むしろ、人間によって一つの世界が極限にまで推し進められたあとの、第二の創世、いわば根源的な世直しの物語だった。都会の生活に翻弄《ほんろう》され、そのなかで深い喪失感を味わった自分自身の、そして人間すべての忘却の涯《はて》にある再生の可能性を、わたしは物語として創造することでたしかめてみたいと考えていたのだった。

わたしは鞄《かばん》から、液晶画面のついた書字機械をとりだした。日々それを使用しながら、あれほど嫌ってもいたこの機械が、ここではなにかまったく別の道具に見えた。もちろん、機械が無線を通じてつながっていた騒々しく脅迫的なネットワークはここにはない。機械は、まったく単体の、自律した道具として、わたしによって物語を書かれるために自らのすべてを投げだしていた。わたしはこの装置を白い木製のテーブルの上に置き、丸太の椅子《いす》に腰をかけた。すると、あたりに無数の蝶が舞いはじめた。まるで花の蜜か水を求めるようにして、蝶たちはテーブルに置かれた奇妙な機械のまわりで、いきおいよく踊りだしたのである。不思議な光景だった。蝶たちは、わたしになにかを告げようとしているようにも見えた。彼らが目撃してきた、この島の秘密の物語だろうか？　それとも、彼らを生み出したずっと昔の生命たちが、世代の交替のなかでそのか細い身体と羽のなかに伝承してきた、遠い記憶の片鱗《へんりん》だろうか？　まるでそんな記憶が鱗粉《りんぷん》として降りかかることを促すかのように、蝶たちはいつまでも、機械に手をかけたわたしのまわりをぐるぐると旋回するように飛び交っていた。

わたしは書きはじめた。一行目を書き、句点を打ち、二行目を書いた。はじまりの断章は、「幻像」と題をつけた。なにか幻のような像が、すこしずつわたしの前に姿をあらわすような気配を感じたからだ。その像は、巨大な海の精霊のような姿をしていた。そう、わたしが書きはじめたのは、海の物語のようなのだった。わたし自身が驚いていた。失われた海という存在を、ほとんど忘れ去ったまま生きてきたわたし自身が、海の物語を書くことができるとはとうてい思えなかったからだ。しかもその物語は、どうやら古い古い鯨捕りたちの物語でもあるようだった。アトラホカトルという鯨捕りの始祖の名を、わたしは記憶の奥底からとりだし、物語のなかに書き込んでいった。わたしの指は、驚くほど敏捷《びんしょう》にキーを打ち、どこにも記憶していないはずの物語を液晶画面のなかにうみ出してゆくのだった。

知っていたはずがないのに、乱れ飛ぶ蝶たちのおかげで、わたしのなかに誰かの記憶が流れ込んででもいるのだろうか？　けれども、書きながら、まさにこの物語を書くためにこそわたしは島にやって来たのだ、と確信できた。乱舞する蝶はわたしの分身に見えた。風に騒ぐ梢《こずえ》は耳の延長だった。遠くでゴーゴーとひびく海鳴りは、わたしの心臓の鼓動と共振していた。この島こそが、この島にたくわえられた記憶こそが、わたし自身の生命の心臓であり、血流であり、神経であり、骨であった。

どこにもつながっていない、どこにも届き得ない言葉を、わたしは無我夢中で書きつけていった。テーブルの上に置かれた液晶画面の彼方にひろがる、魂が結びあう無数の輝ける星座の存在を、わたしはこのとき信じていた。

22

おまえが暗い夜をほしがるのは
かなたに
おまえのさみだれがふるからだ
——谷川雁

筏《いかだ》の材の年輪の隙間《すきま》から、白い乳のような樹液が流れつづけていた。

海の塩水とそれはまじりあい、かすかに白濁したまま筏の周囲をただよったあと、群《ぐん》青《じょう》色の海原へしずかに溶けこんでいった。ノアに海の道ははっきりと見えていた。夜の群星のまたたきが、彼を正しい方角にみちびいてくれた。帆はたくましく風をはらみ、波のうねりを切りさくように、筏はもはやひとつの意思をもって、還るべき島へと進んでいるようだった。ニムアノアの種は、ひと粒をのこしてすべて島々に播《ま》き終えた。種を播くたびにそれぞれの島が名づけられ、その名を声に出すノアの息づかいとともにあたらしい生命を宿していった。潮の香りがノアにとってだんだんとなつかしいものに変わり、あらわれる島々の輪郭や色合いがむかしの目になじんでいた記憶を呼び出すようになると、故郷の島が近づいたことを彼は確信した。

けれど、帰郷の予感を祝うよろこびの陰で、ことばにならない悲嘆の感情が、どこからともなくわいてくるのをノアは抑えることができなかった。波をたたきながらすすむ筏のサラサラという音が、なぜかときどきすすり泣きのようにも聞こえるのだった。年老いた妣《はは》たちが、なにかの理由のために、あまりにも深く悲しんだため、白く濁った涙が永遠にあふれでているかのような音。あるいは、純白のドレスを着たうらわかき乙女が、世界にひろがる底なしの暗闇《くらやみ》にはじめて気がついて、驚きとともに無垢《むく》の涙を流しているような音。

筏がたてる水音は、そんな悲嘆の涙がすべての物事のはじまりにあらかじめそなわっていることを教えていた。ノアはもう、よろこびが単純なよろこびではありえず、かならずよろこびの背後には悲しみがひそんでいることを知っていた。そしてその悲しみは、不幸ではなく、深い生命の手ごたえのようなものとして、ノアの心を満たしてくるのだった。ノアはその悲《かな》しさ、哀《かな》しさ、愛《かな》しさの感覚を深く心に刻み、畏《おそ》れ、愛した。それほどに、ノアはあることとないことが複雑にせめぎあう世界のもっとも深遠な道理を、身をもって経験してきたからである。

　ある朝、まちがいようのない、あのなつかしい山と森と岬の輪郭が遠くの水平線上に淡く浮きあがった。故郷の島だ。微風《そよかぜ》に帆を立てながらゆっくりと近づいてゆくノアの目に、自然と涙があふれてきた。よろこびの涙だろうか、それとも哀しみの涙だろうか。そのどちらでもあり、どちらでもない、心の奥底にある名づけようのない強いふるえに押し出されるように、涙は滂沱《ぼうだ》として止めどなく流れでてくるのだった。悲しいとか、嬉《うれ》しいとかいった感情を超えて、ただ流れる涙があるということをノアははじめて知った。その涙は、自分のもののようには感じられず、まるで清冽《せいれつ》な谷川の激流か、海峡の浅瀬に打ち寄せる水が、自分の瞳《ひとみ》の奥からいきおいよくあふれだしてくるかのようにも思えた。針のような葉をしたフィラオの木々が茂る小さな入り江にノアが入り、白砂の浜辺に筏を乗りあげたとき、ちょうど雲間に隠れていた太陽の光が一瞬ノアの顔に降り注いだ。あふれでる涙は虹のスペクトルを生み出すレンズとなって、故郷の島の風景を七つの鮮やかな色彩でいろどった。

上陸したノアは迷いなく、アコマ老人の小屋がある山の頂《いただき》へと一目散に走っていった。いったいどれほどの年月がたっているのかわからなかったが、老賢者《けんじゃ》の消息がひどく気になったからだ。アカバナーの生け垣には見たことがないほどたくさんのムネモシュネたちが舞い飛んでいた。ノアが覚えているよりも二倍も太くなったたくましいエリスリナの樹《き》のかたわらをノアは駆け抜けていった。エリスリナの朱色の花が、島の珊瑚砂《さんごすな》の上に一面に散り敷かれていて赤い絨毯《じゅうたん》のように見えた。息をきらして坂を登ると、そこには背の高いカヤに覆われた空間がぽっかりとひらけていた。人の気配はない。アコマ老人の小屋はどこにいったのだろう？　あたりをみまわすと、珊瑚の石積みの跡《あと》がみつかった。むかしの小屋の一部にちがいない。このあたりにアーラと呼ばれていた祭壇のような大きなテーブルがあったはずだ。ノアはカヤの薮《やぶ》をかき分けてみた。するとそこに、朽ちかけた大きな一枚板の天板のようなものがやや傾いて残っているのが見つかった。板の上で、何かがキラキラと光っているのがわかった。ノアはびっくりして、朽ちかけたアーラの上に覆いかぶさっていたツル性の植物を急いで取りのぞいた。アコマ老人のあの祭壇が、見知らぬ姿でふたたびそこにあらわれた。

アーラの上には、長年放置されて苔《こけ》むしてはいたが、まるで博物館のような風情で、奇妙なモノたちが整然と置かれていた。灰色の楕円形の軽石のような物体。青緑に輝くハチドリの剥製《はくせい》。枯れ草でできた丸い玉。タカラガイの貝殻……。ノアはすぐに気がついた。龍涎香《アンベル》、ハチドリのお守り、蛇の棲《す》むタンブルウィード、そしてざらざらと音をたてるまじないの貝殻。すべては、いままでのノアの旅を導いてくれた不思議な先導者たちだった。それが、どうしてここに？　風景がふっと歪《ゆが》んだように感じ、軽いめまいのようなものがノアを襲った。

よく見ると、キラキラ光る奇妙な機械が朽ちた台の上に静かに鎮座していた。銀色の金属は雨風にさらされたのであろう、ところどころ苔が生えて変質してしまっているが、それはノアが見たこともない物体だった。消えかかった文字が書かれたいくつもの小さな鍵盤《けんばん》のようなものがついていて、金属の破れた部分からは色とりどりの血管に似た細い管が何本ものぞいていた。Cという文字がかすかに見える鍵盤の一つをたたいてみたが、なんの反応もなかった。生命の鼓動が、そこにはまったく感じられなかった。けれどその金属の箱のような物体のすぐとなりに、一冊の黒い本が置かれているのにノアはすぐ気づいた。小さいけれど革張りの重厚なつくりで、表紙には白い鯨の版画のような絵がくっきりと刻まれていて、不思議な熱気を発していた。雨風を受けたのだろう、すこし汚れてはいたが、それは書物としての美しい形をとどめ、金で塗られた天地のページには生命の輝きすら感じられた。息をしている本——ノアはそう思った。ノアは黒い本を手にとり、ページを開いてみた。驚くべきことに、すべてが白い空白のページだった。でもページには奇妙な凹凸が無数にあって、むかし文字が書かれていた痕跡《こんせき》のようにも見えた。判読はできない。まるで書物のすべてのページから、文字が流れだしてどこかに蒸発してしまった、というような風情。パラパラと白いページをめくるうちに、ふと何かの影を感じて手を止めた。ノアは目を疑った。それは本の最初のページで、そこにたった一行だけ、ノアにもわかる手書きの文字で、こう書かれていたのである。

——Call me Noah（わが名はノア）

それが物語の最初のことばだった。物語の語り手が、自分が誰《だれ》であるかを明かすことばにちがいなかった。物語の冒頭で、この書き手は自ら名乗ろうとしたのだった。だがそのあとには何も書かれていない。本の最後のページには、一枚の古びた手紙がはさまっていた。インクが滲《にじ》んでいてほとんど何も読めなかったが、最後に「ウルより」とあるのだけが読みとれた。ノアはますます不思議な気分になった。本のなかに吸い込まれそうだった。目の前にほの暗い靄《もや》がかかりはじめた。黒くぶ厚い雨雲が西の空に近づいてきていた。頭上のエリスリナの樹からポトリと朱花がアーラの台の上に落ちたのを合図とするかのように、ポツリ、と大粒の雨がノアの頬《ほほ》を濡らした。彼は気を失いそうになった。

はっと気づいてノアはポケットから、ビャクシンの樹の根元にあった大切な母の手紙を取りだした。過酷な航海の途上も、これだけは肌身はなさず持ってきたのだ。そしていま、何者かわからぬ力が、ノアに、その手紙を黒い書物のページのなかにはさみ込むよう告げるのだった。たった一行書かれた書物のなかに、二通の手紙が収められた。革表紙に描かれた白い鯨は、いまにも跳躍して海のなかに踊りだしそうに見えた。この本は海なのだ。ノアにそんな直感が訪れた。表紙の白い鯨の瞳に大粒の雨滴がポツリと落ちて涙のように光ったとき、その直感は確信に変わった。ノアはひと粒だけ残しておいたニムアノアの種を、本の空白のページにそっとはさんだ。海から生命が生まれ、そのあとにゆっくりことばが生まれてくることを祈りながら。

ノアの意識はまもなく薄れていった。アーラの上に土砂降りの雨が落ちてきた。ノアは板のうえに横たわり、眠り込んでしまった。深い深い眠りだった。これまでの旅のすべて

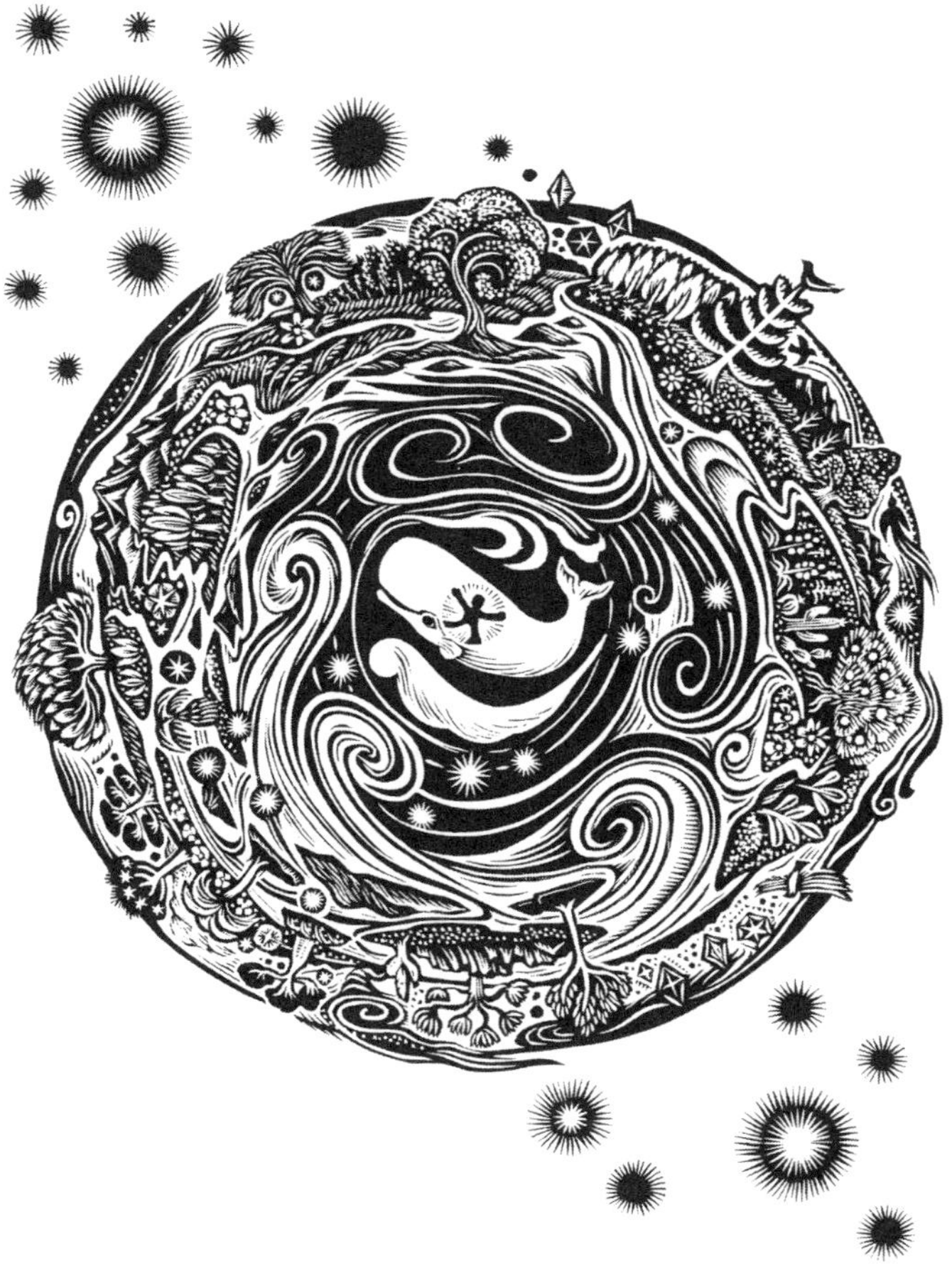

の疲労が、一気に彼を襲ったかのような、深く、永遠に続くとも思われる暗い夜だった。エリスリナの樹の枝影に止まったまま雨をしのいでいた一羽のムネモシュネだけが、その光景をずっと見ていた。時間の矢がノアの身体《からだ》を貫いた。いまや、眠っているノアはアコマ老人にそっくりに見えた。

雨は降り続いた。来る日も、来る日も、雨は止むことがなかった。雨はすべてのものを濡らし、すべてのものを洗い流した。すべての汚れを取り去り、すべてに輝きを与え、すべてをみずみずしい姿にもどしていった。かたく閉じていたものを開き、きつく結ばれていたものをほぐし、凝固した塊をやわらかく溶かしていった。何年も、何百年も、何万年も、雨は降り続いた。山からは泥水が滝のように流れ落ち、珊瑚の海へと土砂を押し流していった。洪水が島をかけめぐり、人も、動物も、木の上に登って難を逃れた。雨は、古代の妣《はは》たちのように、世界の再生を見とどけなさい、と告げているようだった。

そして。長い長い雨が止んだ日、すべてのものは涙に濡れていた。涙の滴が、木々の梢《こずえ》から、岩から、草花から、そして人々の瞳から、あふれだしていた。ただ流れるだけの涙だった。すべてのあるべきものの存在を肯定する、よろこばしく、かなしい涙だった。

その朝、島人たちが入り江の海岸で騒いでいた。白い大きな鯨が一頭、浜に打ち上げられたというのだ。入り江に躍るように飛び込んできて、波打ち際で自らを陸に投げ出した白鯨だった。小さな家に住んでいた少年が、その騒ぎを聞きつけて海へと駆け出していくのが見えた。少年はまもなく、小さな軽石のような鯨の魂を手に包み込んで、山へと駆け登っていくだろう。海がごうごうと吼《ほ》えていた。すべてはあるべきところにあり、ないものはなにもなかった。

あとがき

大洪水を生きのびて世界を再生させるノアの方舟の物語。この寓意的な物語をいまの私たちはどのように読むことができるのでしょう。私はこのあらたな「創世」の神話を、人間のたびかさなる愚行と悪徳が招いた災禍とその因果を私たちが深く受けとめ、その地点から新たな世直しに踏み出すときの決然たる出発点として読み直そうとしました。

大洪水とは、外部からやって来る自然の厄災ではなく、むしろ人間が自ら築いた社会の本性に由来するものにちがいないのです。そしてそれはすべて、「ある」ことと「ない」ことの機微にかかわる道理と倫理とを忘れかけた私たちの「いま」を、鋭く問い直すように思えます。

モノの飽和によってなにかほんとうに大切なものを「喪失」しつつある私たち。それは、真の生存の深い充足にとってはまったく不必要なものに心奪われ、もっともエッセンシャルなもの（存在の精髄をなすもの）が失われた近未来世界として示すことができるでしょう。一方で、「便利」な装置や小道具など存在もせず、地水火風がつくりなすエレメンタルなものとその内部にあるスピリチュアルなものだけに充たされた始原世界への想像力があります。この、歴史の道筋のどこかで二つに別れてしまった対極的な世界でありながら、いまの私たちがあらたに遭遇させ、もういちど世直しに向けてくぐり抜けねばならない二つの世界。この「ない」（喪失）ことと「ある」（充満）ことにいろどられた二つの世界のありようを描写し、それらをついには一つのヴィジョンへと統合しようとする哲学的・倫理的な寓話が本書です。

　こう説けば、表題「ないものがある世界」には、二つの意味が込められていることが了解されるでしょう。ひとつは「ないものがある」世界、すなわち無数の喪失によっておおわれた世界、そしてもうひとつは「ないものがある」世界、すなわちもはや喪失してしまったと思われたものがいまだに、そして永遠に力を持って存在している世界、の二つです。私の希望は「ある」世界の慎ましい充足の方に傾いていますが、それもまた、喪失の深い痛みを乗り越えなければ到達できない希望に他なりません。歴史と神話は、離反しつつともに見えざる手を携えて歩むほかない、孤児として生きる宿命を背負った懐かしい兄弟姉妹なのです。

　物語の最後、過去と未来の痕跡をすべて凝縮したようなアーラ（日常祭壇）の上で朽ちかけていた書字機械によって書かれたのかもしれない「わが名はノア」Call me Noah ではじまる文字の消失した書きつけ。それが、「この水と陸からなる地球の三分の二はナンタケットのものである」と書いた一九世紀アメリカの壮大な捕鯨文学作家の長編小説の冒頭に似ていることを、ここでそっと種明かししておきましょう。これは物語の語り手の自己規定の文ではありません。そうではなく、誰でもありうる語り手の名が偶然にも「ノア」であることによって、その名がすべての人々の無意識に分け与えられる可能性を祈る文言なのです。私はすべての読者に向けて「わが名はノア」と宣言したく思っています。読者の皆様もまた、本書を読みながらどこかで、ふと自らをそのように直感する瞬間があれば、作者としてこれほど嬉しいことはありません。

本書は、雑誌『母の友』(福音館書店)二〇一一年四月号から二〇一三年三月号まで二二回にわたって連載された「ないものがある世界」の原稿に、若干の改訂をほどこしたものです。連載当時の担当編集者であり、この異例とも言うべき寓話の試みを熱く支持してくださった高松夕佳さんに心より感謝します。また書籍化にあたっては、版画家大久保草子さんによる挿画一一点をノアの物語の各章に付すことができました。文字による二次元の語りを絵によってみごとに立体化し、生命のタネのひと粒ひと粒を美しく可視化してくださった大久保さんに、深く御礼申しあげます。

二〇一七年一二月五日　著者識

著者について――

今福龍太（いまふくりゅうた）　文化人類学者・批評家。奄美自由大学主宰。主な著書に、『ミニマ・グラシア』（岩波書店、二〇〇八年）、『レヴィ＝ストロース　夜と音楽』（みすず書房、二〇一一年）、『書物変身譚』（新潮社、二〇一四年）、『ジェロニモたちの方舟』（岩波書店、二〇一五年）、『ヘンリー・ソロー　野生の学舎』（みすず書房、二〇一六年）、『クレオール主義（パルティータⅠ）』『群島‐世界論（パルティータⅡ）』『隠すことの叡智（パルティータⅢ）』『ボーダー・クロニクルズ（パルティータⅣ）』（いずれも水声社、二〇一七年）、『ハーフ・ブリード』（河出書房新社、二〇一七年）など。近刊予定に『ブラジル映画史講義』（現代企画室）、『原‐写真論』（赤々舎）などがある。

装幀——西山孝司

カバー・見返し作品——José Júlio Calasans Neto

(Cortesia de D. Auta Rosa Calasans)

木版画——大久保草子

ないものがある世界［パルティータⅤ］

二〇一七年一二月一五日第一版第一刷印刷　二〇一八年一月一〇日第一版第一刷発行

著者――今福龍太

発行者――鈴木宏

発行所――株式会社水声社

東京都文京区小石川二―七―五　郵便番号一一二―〇〇〇二

電話〇三―三八一八―六〇四〇　ＦＡＸ〇三―三八一八―二四三七

［編集部］横浜市港北区新吉田東一―七七―一七　郵便番号二二三―〇〇五八

電話〇四五―七一七―五三五六　ＦＡＸ〇四五―七一七―五三五七

郵便振替〇〇一八〇―四―六五四一〇〇

URL : http://www.suiseisha.net

印刷・製本――ディグ

ISBN978-4-8010-0255-5